LA BOTIGA BATTIBALENO

Títol original italia: *La Bottega Battibaleno - Una valigia di stelle*
Primera edició: octubre del 2012

Projecte i realització editorial: Atlantyca Dreamfarm s.r.l.
Il·lustracions de coberta, guardes i interior: Iacopo Bruno
Maquetació de l'edició catalana: Adriana M. Vila-Abadal

Edició catalana: Marcelo E. Mazzanti
Coordinació editorial: Anna Pérez i Mir
Direcció editorial: Iolanda Batallé Prats

Originally published by
Edizioni Piemme S.p.A., Italy

La Galera, SAU Editorial
Josep Pla, 95 – 08019 Barcelona
www.lagalera.cat
lagalera@grec.cat

Imprès a Egedsa
Roís de Corella, 16
08205 Sabadell

Dipòsit legal: B-19.745-2012
Imprès a la UE
ISBN: 978-84-246-4231-0

Pierdomenico Baccalario

Una maleta plena d'estrelles

Il·lustracions de

Iacopo Bruno

Traducció de Sergi Grau

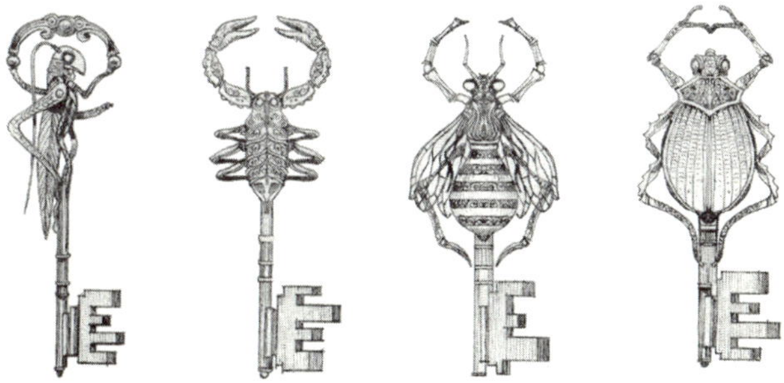

laGalera50

Per a Mario, que va trobar
la Botiga Battibaleno.

Capítol

U

FINLEY PEDAÇ DOUG

Em dic Finley McPhee, amb «f», ben bé així. I duia una vida tranquil·la. No era el primer de la classe ni encara menys un bon jugador de rugbi com el meu germà. Tampoc no em solia barallar ni amb els meus pares ni amb els amics. De fet, no en tenia gaires, d'amics. Sempre que podia preferia estar tot sol, lluny dels problemes i les picabaralles. Si us interessa saber-ho, no m'importava gaire el món de fora el meu país. Certament, sabia prou bé que l'autopista estatal, si la recorries tota, arribava a Inverness o a Edimburg, dues ciutats de veritat, plenes de persones i d'oportunitats, com deien les mestres. Tanmateix, no ens explicaven què era una oportunitat i què no ho era.

Vaig créixer al poblet d'Applecross, que es troba molt

al nord d'Escòcia. Era un bon lloc per créixer. Hi havia tot el que podies necessitar i res que et pogués distreure. En síntesi, hi havia dos carrers, una plaça amb una font diminuta que mai no havia funcionat, el bar del senyor Fionnbhurd, una cooperativa que gestionava un petit supermercat i aquesta mena de coses. Cap al sud hi havia les granges, on tots criaven ovelles, com el meu pare. Cap al nord, en canvi, hi havia el molí, on abans es molia el gra i que ara, a part de la vella Cumai, era pràcticament abandonat. Sobre la muntanya més alta, a la bruguera, s'entreveien les ruïnes d'una casa abandonada que, segons explicava la mateixa Cumai, s'omplia de fantasmes el dia 13 de cada mes. A la banda oposada hi havia el mar. Un mar fred com el ferro i d'un color permanentment tèrbol. Els dies de vent, el cel s'aclaria i els núvols corrien veloços com la llana sobre els cardons del teler, però, quan el vent s'aturava i la marea es retirava, sobre la platja plena de petxines i altres tresors minúsculs s'arremolinaven núvols de mosquits. Tant si us ho creieu com si no, aquells mosquits no m'havien picat mai, a mi, i per això en Pedaç i jo anàvem a patrullar a la platja a la cerca de tresors, objectes estranys o, qui sap, el típic missatge dins d'una ampolla. Però jo pensava que, probablement, això eren coses que passaven només als llibres. Jo mai no n'havia trobat, de missatges d'aquests, tot i que en Pedaç, una vegada, havia trobat una ampolla.

En Pedaç era el meu gos. M'arribava al genoll, tenia les orelles llargues i el pèl eriçat. Aquella ampolla l'havia portada a l'habitació, entre els objectes estranys de la meva col·lecció: coses velles, trossos de ferro, troncs i pedres de formes estranyes. Sobre cadascun dels objectes, hi enganxava una etiqueta i hi escrivia un nom del tipus: «os fòssil d'estegosaure» o bé «Fulles seques de Doucumber». Tanmateix, no estava segur que hagués existit mai un estegosaure o un lloc anomenat Doucumber. Les etiquetes servien per a en Doug, el meu germà, ja que, quan se les mirava, quedava massa espantat per fer-me preguntes. El meu germà jugava a rugbi, agradava a les noies i era un babau. Llavors tenia setze anys i encara no havia acabat la secundària. Era l'única cosa que teníem en comú. Perquè, a mi, això d'acabar la secundària tampoc no m'anava gaire bé.

Escurçó.

És així com m'anomenava el meu germà.

Crec que perquè, quan era més petit, em divertia parant-li trampes, estès a l'herba, o potser perquè m'agradava prendre el sol sobre les pedres. No el considerava un bon sobrenom, però no podia fer res per canviar-me'l. Els sobrenoms, una vegada te'ls han posat, et queden aferrats facis el que facis. I, a més, era cert: m'agradaven les pedres, especialment aquella de la corba de Bealanch Ba, que, tot i que sembla impronunciable, és un nom gaèlic que significa 'carrer dels Bous'. El carrer de la Costa, vaja. Hi havia pedres molt grosses, no com els dòlmens que són encara més grossos, però gairebé. T'hi podies enfilar i, després, seure-hi amb les cames encreuades. I, un cop al damunt, podies volar amb la mirada fins a les illes de l'altra banda del mar. El meu pare m'havia ensenyat que s'havien de contemplar seguint un cert ordre i que sempre s'havia fet així a Applecross. Primer, els illots més llunyans, al nord, d'on arribaven els núvols. Després, a poc a poc, s'havia de descendir fins a Skyle, l'illa més grossa, negra i profunda, amb aquelles ombres al voltant de les quals, cada capvespre, les fotges, els mascarells o el que fossin, volaven.

El meu pare m'havia promès que, pel meu catorzè aniversari, a l'octubre, visitaríem Skyle.

Per tant, quan els Lily van arribar al país, jo encara tenia tretze anys. I, llavors, la meva vida tranquil·la i tot el que us he explicat fins ara va canviar.

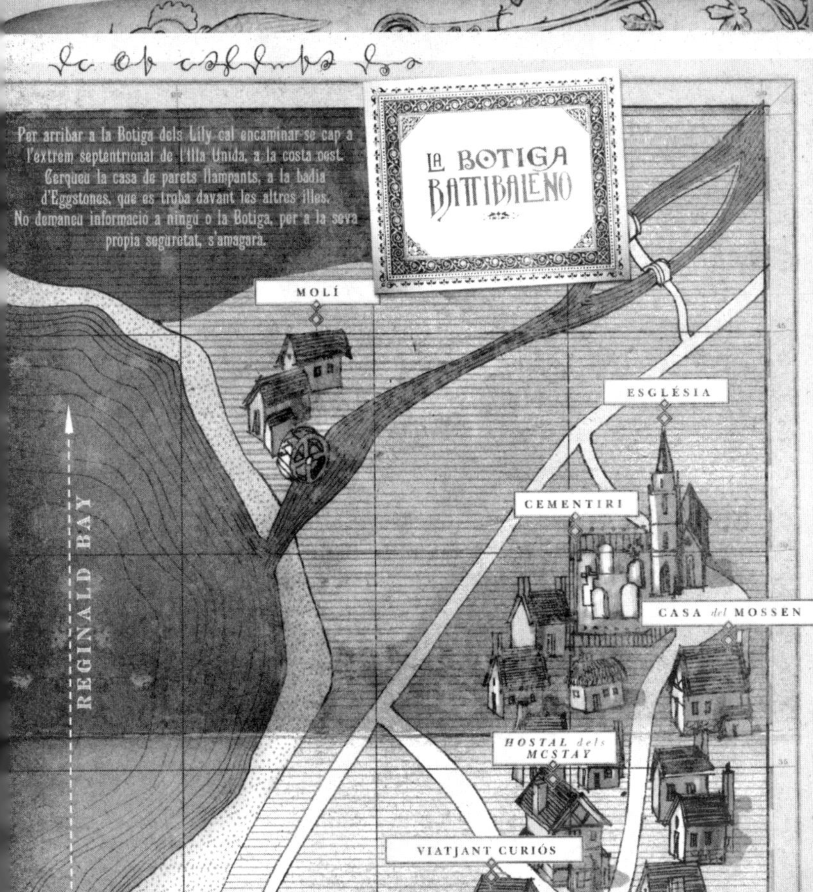

Per arribar a la Botiga dels Lily cal encaminar-se cap a l'extrem septentrional de l'Illa Unida, a la costa oest. Cerqueu la casa de parets llampants, a la badia d'Eggstones, que es troba davant les altres illes. No demaneu informacio a ningú o la Botiga, per a la seva propia seguretat, s'amagarà.
LA BOTIGA BATTIBALENO
MOLÍ
ESGLÉSIA
CEMENTIRI
CASA del MOSSEN
HOSTAL dels MCSTAY
VIATJANT CURIÓS
BAR
ESCOLA
CARRER de la COSTA
PARC
REGINALD BAY
APPLECROSS
ESCÒCIA

Capítol
DOS

LA CANYA DE PESCAR
AQUELL PETIT I ESTRANY AUTOMÒBIL
71 DIES

El torrent on anava a pescar no tenia nom. Més ben dit, no tenia un nom de veritat, d'aquells que es poden escriure sobre els mapes. La vella Cumai l'anomenava Calghorn dinn, que en la llengua del Petit Poble significa 'bassa pudent'. I, en certs aspectes, era ben bé així. Era ple de pedres i de còdols esmussats, i, allà on el corrent havia canviat el seu curs, s'havien format pous d'aigua estancada, en els quals queia de tot i es podria. Però, si el coneixies bé, com jo, el Calghorn era un torrent gran i bonic. Només calia passar les primeres basses, seguir el camí cap al nord i arribar a l'alzina de la calavera (un boc amb un cartell molt amenaçador a sota, on hi havia escrit: NO ANEU MÉS ENLLÀ), passar l'alzina sense mirar mai el cartell, agafar el camí de l'esquerra i tornar a pujar algunes passes el rierol, fins a una petita ribera blanca amb un llac que semblava pintat. S'hi veien nedar peixos a ull nu.

Feia força calor en la meva última setmana de llibertat. El matí ja havia acabat i també l'escola. En realitat, no era exactament així: crec que encara faltaven uns quants dies. Però jo havia decidit que l'escola ja havia acabat... per a mi. No podia suportar malgastar dies com aquell assegut al pupitre repetint les taules de multiplicar o mirant de recordar quin dia Napoleó Bonaparte havia perdut la batalla de Waterloo. Tenia alguna importància, això? Per a mi, no. I encara menys per a les carpes.

Havia amagat la canya de pescar del meu germà al forat d'un arbre que havia estat travessat per un llamp, juntament amb els esquers i les mosques que havia après a fabricar tot sol. Havia estat l'única vegada, que jo recordi, que un llibre m'havia servit d'alguna cosa. *Com construir l'esquer perfecte*, es titulava. O alguna cosa semblant, perquè, una vegada vaig haver llegit el que m'interessava, el vaig tornar a la llibreria dient que ja el tenia. I vaig comprar un altre llibre, tot rosa, com a regal d'aniversari per a la meva mare.

Les mosques me les fabricava directament al riu, mentre esperava que piqués alguna cosa. Tenia les meves eines:

un martell i una pedra plana sobre la qual cabdellava el filferro per fer-me l'ham, unes tenalles per esmolar-lo, alguns trossos de paper d'estany i les plomes que em reservava la senyora Bigelov de la polleria. Quan tenia temps, com aquell dia, fins i tot les pintava.

Els peixos no picaven. Però aquell no era el meu objectiu. En tenia prou d'estar-me allà, gaudint del bon temps. El pol·len voleiava pel cel, blanc i flonjo. El sol escalfava. No feia ni un fil d'aire. Si m'hi hagués quedat fins al vespre, hauria vist com les libèl·lules planejaven suaument sobre la superfície del petit llac. Però no hauria pas pogut quedar-m'hi fins al vespre. Els meus pares es pensaven que era a l'escola i és per això que havia de tornar a la granja a l'hora exacta, com si hagués sortit amb els altres nois, en sonar el timbre.

Vaig mirar el rellotge i vaig pensar que realment era una meravella. Tenia el quadrant de marfil i les busques daurades de la punta, semblants a unes llances diminutes. Els números tenien relleu, tots excepte el set, al qual li havia saltat qui sap quan. Sempre havia pensat que no era casualitat: precisament el set, l'hora que odio, aquella en què m'he de llevar cada matí.

Era un quart d'una del migdia. Tot just el moment de sortir del bosc, passar el molí sense que la Cumai em veiés i aparèixer al poble alguns segons abans que sonés el timbre.

—En marxa, Pedaç! —vaig exclamar. El meu gosset va mirar-me per sota les orelles, com si provés d'alçar les celles—. Toca moure's!

Vaig recuperar la canya de pescar i vaig entortolligar el fil al seu voltant, deixant ben subjectat l'ham a l'empunyadura d'esponja perquè la llinya no s'enredés. Vaig tornar-ho a posar tot amb cura dins l'arbre. Després, vaig carregar-me a l'esquena la motxilla amb els llibres de l'escola i vaig tornar sobre els meus passos.

Vaig trigar un quart d'hora a veure les teulades negres de les cases d'Applecross. Vaig anar a parar al poble, davant la botiga de records del senyor Everett, vaig travessar la plaça i vaig vorejar el muret de pedres seques pescades del mar, tot passant per darrere l'escola. Va sortir bé. Quan vaig sentir el so del timbre, tot just havia arribat a l'altra banda d'aquell edifici tan lleig de parets escrostonades i reixes a les finestres. Pensava que l'única diferència entre una escola i la presó era que, de la segona, si et va bé, pots sortir-ne en menys de cinc anys.

Després, xiulant, ignorant tot el que havia de succeir-me, vaig seguir el camí de la granja.

—Bon dia, senyora McCameron! —vaig saludar tot

Capítol
DOS

passant sota el cartell de la botiga de roba. Recordo que la Meb va somriure'm. I recordo també que va ser l'últim somriure del dia.

En menys de deu minuts vaig arribar al tancat de casa. Les ovelles del pare pasturaven pels prats ondulats de la nostra propietat com volves de llana. Vaig alçar el ganxo que barrava la tanca i en Pedaç va posar-se entre les meves cames, bordant feroçment en direcció a la casa. No hi havia manera d'aturar-lo, quan es posava a córrer d'aquella manera. Vaig tornar a passar el ganxo, amb certa recança, però no amb la suficient com per fer-me enrere i marxar. No reconeixia el cotxe aparcat al bell mig de l'eixida: era un d'aquells automòbils compactes, de ciutat; era realment impossible entendre com hi havia arribat a través dels boscos escocesos dels Highlands.

Vaig empènyer la mosquitera de la casa i en aquell moment vaig sentir en l'aire un perfum que va posar-me els pèls del clatell de punta.

—Oh, oh —vaig aconseguir balbucejar abans de comprendre que llavors ja era massa tard.

L'automòbil aparcat a l'eixida de casa meva era de la Vídua Rozenkratz, la directora itinerant de les petites escoles de la contrada. Me l'havia trobada tan sols un parell de vegades, durant els meus anys d'estudiant poc modèlic a Applecross, i ja n'havia tingut prou. William Schuster, el fill del barber, deia que sempre havia estat vídua, tot just acabada de néixer.

Estava asseguda a la sala d'estar, a l'extrem de la butaca, davant el meu pare i la meva mare. El pare encara duia el peto de treballar i tenia la mirada severa d'algú que, més que estar enrabiat, té, de sobte, una desil·lusió coent. La mare, en canvi, semblava incandescent.

—Hola, Finley —va saludar-me—. Vine a dins. I deixa en Pedaç a fora, si us plau.

Vaig haver de fer fora el gos amb un copet de peu. Ell va arraulir-se al costat de la mosquitera, des d'on va seguir grunyint fluixet en direcció a la Vídua.

—Hola, Finley —em va saludar també la directora—. M'imagino que saps per què sóc aquí.

—En realitat, no —vaig mentir, fent una passa endavant, cosa que em va semblar molt atrevida.

—Com ha anat avui l'escola? —va demanar-me la meva mare.

Vaig observar el pare i vaig veure que estrenyia les mans una dins l'altra, com per aturar alguna cosa que volia sortir a fora. Mirava cap a baix i duia les botes encara brutes de fang. I això era el pitjor de tot. Si la mare l'havia deixat entrar a la sala d'estar amb les botes, llavors, volia dir que...

—Què, doncs? —va insistir la meva mare.

Vaig balbucejar alguna cosa. No vaig trigar gaire a comprendre que, si la directora era allà, a casa meva, amb els meus pares, era perquè m'estaven esperant. I, si m'estaven esperant, era perquè havien descobert la meva jugada del riu.

Per tant, havia de dir la veritat.

—No hi he anat —vaig xiuxiuejar.

—I per què no hi has anat? —em va preguntar, curiosa la mare.

Vaig assenyalar cap a fora de la finestra, el sol, els núvols que escampaven, el cel blau que baixava fins a les illes de l'altra banda de la badia, i vaig esbossar un somriure.

—Perquè fa un dia esplèndid.

Un quadernet va cruixir entre els dits ossuts de la Vídua, que va revisar les seves anotacions.

—La qüestió és, Finley estimat...

«Estimat»? Aquella simple paraula era ja l'avantsala d'una condemna.

—...Que, pel que sembla, d'un temps ençà han sigut

molts els dies esplèndids. Amb aquest d'avui, les teves, diguem-ne, absències, arriben a setanta-una.

—Certament feia molts anys que no es veia una primavera com aquesta, senyora...

—Prou! —va dir el meu pare. Va ser la primera paraula que va pronunciar i n'hi va haver prou per esborrar tot allò que m'hauria agradat dir.

El meu pare va continuar ignorant-me i va cercar l'atenció de la Vídua.

—Hi ha cap possibilitat? —va demanar-li.

—Em temo que no, senyor McPhee —va respondre ella—. Les absències del seu fill són massa, i no és que, abans d'aquesta primavera extraordinària, les notes d'en Finley hagin estat excepcionals.

—Però... —vaig provar de protestar—. El set de matemàtiques de principi de curs on el posa?

De nou, ella va revisar el seu quadernet.

—Diguem que en Finley anava tirant entre el suficient i l'insuficient. Si més no, mentre anava a l'escola.

—Nosaltres realment ni ens ho imaginàvem, senyora... —va murmurar la meva mare, que havia aconseguit, no sé com, transformar la seva ràbia en un avergonyiment que provocava compassió—. Sempre hem posat tota la confiança en en Finley...

Capítol DOS

—Jo... —vaig provar de dir, però era com si en realitat no fos en aquella habitació. Com si fos una estàtua, o un esclau escoltant el seu propi destí.

—No s'ha de preocupar per això, senyora McPhee... —va tornar a parlar la Vídua—. Els ha succeït a molts altres nois, això de repetir curs. I no ha estat una tragèdia. A vegades, fins i tot, pot ser una cosa bona.

—Una cosa bona, és clar... —va murmurar el meu pare, però era com si estigués esmolant els ganivets sobre una mola.

—És l'ocasió perfecta per fer un examen de consciència i, potser, repensar les actituds d'un mateix. Seria una llàstima que en Finley no s'ocupés més seriosament de la seva educació, perquè em diuen que és un noi molt intel·ligent...

—Molt intel·ligent... —va fer d'eco el meu pare.

—Potser tan sols necessita alguna motivació més...

Una motivació?

Jo sempre havia cregut que el destí era molt covard. Me l'afigurava com un senyor busca-raons que enviava, a voluntat, les coincidències per fer-te creure que tot succeïa per casualitat, quan, en canvi, ell ja ho tenia tot decidit. I, efectivament, en aquell precís moment, en Pedaç va bordar com feia sempre quan algú li trepitjava la cua.

—Renoi, gos, surt d'aquí! —va protestar el meu germà Doug, obrint la mosquitera per entrar a casa. Va mirar-nos de fit a fit a tots quatre, amb aquella seva mirada de peix bullit, de campió de rugbi, i clarament no va entendre què estava succeint —. Ei! —va exclamar, tronant—. Que s'ha mort algú?

Volia fondre'm. Volia fondre'm cada vegada que en Doug entrava en una habitació i feia una pregunta, perquè es feia evident que era el meu germà.

—Més o menys: suspenen el teu germà —va explicar-li la mare.

En Doug em va mirar de manera estranya. Com si, per primera vegada en molts anys, finalment poguéssim tenir alguna cosa en comú.

—De veritat? —i em va despentinar els cabells—. Valent!

—Això ho veurem després... —va murmurar el pare, posant-se dret amb gran esforç—. Gràcies per haver vingut en persona, senyora Rozenkratz.

Van estrènyer-se les mans.

—M'imagino que serà del tot inútil que en Finley vingui a l'escola aquests últims dies, oi?

La Vídua va brandar el cap:

—Crec que sí, senyor McPhee.

El meu pare va assentir lentament.

Capítol
DOS

—Saluda la senyora Rozenkratz —em va ordenar la mare. I la meva mà va obeir com la d'un robot.

—Llavors, ens veiem el curs vinent, Finley —va somriure ella.

Potser estava dolguda de veritat. O potser ja sabia què succeiria al cap de pocs dies. Prefereixo imaginar que no i que, si no m'hagués suspès, igualment hauria conegut els Lily. Però no en puc estar segur.

Vam deixar marxar la Vídua Rozenkratz enmig d'un silenci incòmode. Després, quan es va sentir el motor del seu cotxe de ciutat, el pare finalment em va mirar, la mare es va tancar a la cuina i en Doug va preguntar:

—Què hi ha per dinar?

Capítol

TRES

EL CAPELLÀ
EL SENYOR CULLEN
JULES EL CARTER

Preferiria no haver de recordar ni el dinar ni la tarda que van seguir: vaig rebre una doble esbroncada de la mare i del pare i em vaig refugiar a l'habitació, on no tenia permís ni per fer-hi pujar en Pedaç. Ell va ajeure's al prat, sota la finestra, cargolat prop del faig. Em vaig estirar sobre el llit i, obligat, m'hi vaig haver d'estar en companyia dels meus pensaments fins al vespre.

No eren bons pensaments: pensava que m'havia equivocat, cert, i que no podia fer tot el que em venia de gust. Que havia d'estar més atent per no deixar-me enxampar. I que, probablement, havia anat massa lluny. Sí, pensava coses d'aquesta mena. Al vespre em vaig trobar una mica millor. No voldria dir que aquell dia em vaig fer gran, no, això seria massa, però vaig comprendre que no volia ser sempre petit.

A l'hora de sopar, el pare va trucar a la porta de la meva habitació. Només ell trucava: la mare i en Doug entraven i prou.

—Entra, si us plau—li vaig dir, i vaig córrer a seure sobre el llit.

No volia que em veiés abraçat als coixins i que pensés que estava desesperat per allò que havia fet, perquè havia perdut un any d'escola i, probablement, m'havia espatllat l'estiu. Volia que pensés que estava disgustat, res més.

—Hem fet sacrificis, Finley, per enviar-te a l'escola —va començar el pare, donant-me a entendre que l'assumpte de cap manera s'havia acabat—. A la granja serviries per ocupar-te de les ovelles. Jo i el teu germà ens cansem molt de menar-les entre tots dos.

—Pare, em sap greu. Però estaria content de treballar amb tu i en Doug per...

—No és veritat —va respondre el meu pare—. A la llarga, no estaries content. No ho estaries en absolut. I ho saps.

Tenia raó. Ho sabia. Pensava que les ovelles eren els animals més estúpids del món, després d'en Doug.

—Hem fet sacrificis per tu... —va tornar-hi el pare—. I tu ens has traït. De seguida vam comprendre que el teu germà no estava fet per a l'escola. Però tu no ets en Doug. I ara...

Va deixar la frase terriblement en suspens.

—Demà et portaré a veure mossèn Pròsper —va concloure tot d'una.

I em va deixar allà, al llit, sense sopar.

En comprendre-ho, vaig córrer a la finestra.

—Pedaç! Ho has sentit, Pedaç? Em porten a veure mossèn Pròsper!

Però aquell traïdor ja havia deixat el seu lloc sota la meva cambra i havia corregut al darrere a pidolar menjar.

Va ser la nit més llarga de la meva vida.

Em vaig quedar amb els ulls oberts contemplant les estrelles que feien pampallugues fora de la finestra i, quan finalment em vaig adormir, la mare em va despertar amb un gran sobresalt, en el que em semblaven les primeres llums del dia.

—Amunt, va, gandul!

Em va llançar literalment fora del llit, em va fer anar al bany i va assenyalar la banyera plena d'aigua fumejant. A un costat, la tovallola. A l'altre, la roba de mudar, la que em feia posar per anar a missa: pantalons i jaqueta fosca, camisa planxada, mitjons blancs i mocassins.

—Tens deu minuts per arreglar-te!

I, a l'instant, vaig comprendre que, si hagués protestat pel bany, m'hauria ficat a la força a la banyera i m'hauria rentat ella com quan era bebè.

Deu minuts després, net i pentinat tan a fons que em sentia com nou, em vaig apropar a la taula d'esmorzar. L'estómac em rondinava pel sopar que m'havia saltat. El pare llegia el diari esportiu de la setmana anterior i no el va abaixar per saludar-me.

—Arriba l'Einstein! —va saludar-me en Doug.

No vaig replicar. El meu germà s'havia preparat una muntanya d'ous remenats, sobre la qual estava fent caure simultàniament una cullerada de mel i una de mostassa. Tenia tanta gana que, fins i tot, m'hauria menjat allò.

Em vaig servir pa torrat amb melmelada i un ou amb cogombrets, que detestava. El cafè amb llet tenia la mateixa temperatura que el volcà islandès que des de feia un temps escopia cendra al seu voltant, però no vaig protestar.

Vaig acabar d'esmorzar, mirant d'ignorar en Doug, que, amb els peus, picava el ritme de la cançó que estava escoltant pels auriculars, i vaig quedar-me esperant.

El meu pare va fer cruixir el diari.

—Som-hi. —I va afegir—: Treu-te aquestes coses de les orelles, Doug.

Capítol
TRES

El pare i jo vam seure al seient de la camioneta, amb en Pedaç al mig, el qual, tan bon punt vam marxar, es va enfilar al meu vestit de mudar per treure el morro per la finestra i gaudir de l'aire a les orelles.

I jo el vaig deixar fer, subjectant-lo pel collaret de manera que no pogués caure a fora.

—Per què anem a veure mossèn Pròsper? —vaig preguntar al pare quan vam veure les casetes d'Applecross i el seu únic campanar.

—Li he demanat que et trobi una feina per a aquest estiu —em va respondre ell al cap d'una bona estona.

«Una feina?»

—Però... no puc treballar amb vosaltres a la granja? —vaig protestar—. Ahir al vespre em vas dir que... faria falta.

El pare va aparcar la furgoneta davant l'església i va baixar, convidant-me a fer el mateix.

—Mira, a la granja, podries divertir-te, per un estiu —em va dir, amb aquell to afligit que em torturava—. Però jo he demanat al mossèn que et trobi un treball... terrible.

Patam!, va fer la porta tancant-se amb soroll sobre la cabina.

—I així, el curs vinent, t'hi pensaràs dues vegades abans d'anar a pescar al riu.

Mossèn Pròsper era una de les institucions del poble. Havia batejat tothom, havia confessat qui es volia confessar, havia casat qui es volia casar i havia donat l'extremunció a qui volia anar-se'n d'aquest món en pau. Vivia a la rectoria, al darrere de l'església d'Applecross, amb la senyoreta Finla, la seva majordona, l'única persona del poble que era més vella que ell. El mossèn era una mena de gegant, amb els braços musculosos i les espatlles de nedador. Havia fet de capellà en un parell de guerres, no recordo quines, i no costava gens imaginar-se'l guiant la marxa dels soldats sota el foc enemic, fent sonar una cornamusa. Tenia un mostatxo gegantesc i, també, pèls que li sortien de les orelles. De la resta, era calb.

La senyora McCameron m'havia dit una vegada que mossèn Pròsper duia un tatuatge misteriós a l'espatlla, que ho havia descobert mentre li prenia les mides per ajustar-li la sotana. Però jo no l'havia vist mai i, per tant, no estava segur que fos veritat.

Tenia una veu imponent i maneres mancades de dolcesa: per salvar les ànimes, ell les corregia a fuetades.

El meu pare em va empènyer cap a l'eixida de la rectoria, entre la casa i l'església, i, ben aviat, em vaig trobar engolit per l'ombra del mossèn.

Capítol TRES

Estava segur que em mirava de fit a fit amb els seus ulls de petroli.

—Així, doncs, McPhee Junior, quina n'hem fet, aquesta vegada?

Va dir «aquesta vegada» perquè no era la primera ocasió que em portaven davant d'ell. La nostra primera trobada es remuntava a l'any anterior, quan, junt amb en Jacky Tornado i en Sammy Cua de Gripau, havia trencat els vidres del senyor Everett amb la pilota. Però la casa del senyor Everett era tot just darrere el camp i en Jacky Tornado tenia l'esquerra més potent dels Highlands. Potser hauríem hagut de parar de jugar després de trencar el primer vidre. O potser no ens hauríem d'haver escapat a través del jardí de la senyora Gordon, a l'altra banda del camp, quan el senyor Everett ens seguia brandant un bastó.

Aquella vegada mossèn Pròsper ens havia dit que havia estat una entremaliadura, ens havia obligat a tenir cura del jardí de la senyora Gordon durant un mes i havia posat en Jacky Tornado a treure les males herbes de totes les làpides del cementiri.

—Crec que he anat massa a pescar, mossèn —vaig respondre per dir alguna cosa.

Ell va fer una riallada sonora.

—En comptes d'anar a escola? Ah, ah! I què és el que hem de fer amb tu?

—Vostè m'ho dirà, mossèn... —vaig murmurar. Si hagués tingut alguna cosa entre els dits, l'hauria rebregada. La jaqueta de mudar em feia suar.

—Què saps fer? —em va preguntar.

Vaig brandar el cap. Sabia pescar. Col·leccionar objectes expulsats pel mar. Llegir els còmics americans. Córrer pels boscos hivernals amb en Pedaç. Córrer pels prats estivals amb en Pedaç. Sabia córrer amb en Pedaç en qualsevol circumstància climàtica. Després, sabia explorar els llocs infestats de mosquits, reconèixer les entrades al regne del Petit Poble i dissenyar mapes.

—No saps fer res de res? —va insistir el mossèn.

Bé, vaig pensar. Sabia descriure amb els ulls tancats tota la costa des d'allà fins a Rattle Farm. Sabia que hi havia un passadís secret que unia el bar Greelock amb l'hostal dels McStay i sabia, també, per on s'hi podia entrar. Sabia que el senyor Everett, de tant en tant, fumava d'amagat a la part del darrere de la seva botiga de records. I que l'únic instal·lador d'antenes del poble, en Seamus, havia inventat un codi secret amb el qual es podien veure els canals de televisió per satèl·lit sense pagar-los. I sabia que...

Capítol
TRES

El meu pare em va donar una empenta cap endavant que gairebé em va fer trontollar.

—Encarrega-te'n tu, Pròsper —va dir simplement—. Jo he de tornar a la granja.

Després, els dos homes es van intercanviar una mirada que semblava tancar un acord precedent. Me'ls imaginava parlant per telèfon, mentre jo era tancat a l'habitació, confabulant com fan els homes, amb frases convingudes, breus i seques.

—Vine amb mi —em va ordenar mossèn Pròsper, fent-me avançar.

Haig de dir una cosa a favor del mossèn. Que aquell primer dia, ell, si més no, va intentar salvar Applecross. Però, pel que semblava, ni ell ni jo podíem impedir allò que, inexorablement, va passar.

Com que encara no tenia els catorze anys complerts, no podia treballar «realment». Hauria estat il·legal. Hi havia una llei que s'anomenava Llei d'explotació infantil. Però no impedia al mossèn d'un petit poble devot com Applecross de forçar-me a «donar un cop de mà» aquí i allà, on se'm necessités, i gratis. Perquè era un bon noi voluntariós.

Era el remei escocès a la ganduleria.

El primer dia vaig començar «donant un cop de mà» a

la cooperativa. Em van posar als magatzems a descarregar les caixes de les furgonetes i a desar-les a les lleixes. Al principi em va semblar divertit, però no ho era: tot el que arribava (hi havia moltíssima cosa, lliurada a diferents horaris) s'havia d'endreçar en un ordre determinat. Hi havia una lògica per a tot, que, tanmateix, se m'escapava. No tenia ni idea de quants productes podien arribar a cabre al magatzem d'una petita cooperativa ni de quantes persones entraven cada dia buscant les coses més absurdes.

A mig matí ja no em sentia l'esquena.

El senyor Cullen, amb qui no havia intercanviat encara ni una paraula, em va assenyalar un tamboret proper a la caixa.

—Vaig un moment al banc. Digues que ara mateix torno.

Tot just havia marxat, vaig agafar un gelat de la nevera i el vaig engolir ràpidament, abans que se n'adonés.

En aquell moment va entrar un tipus que no havia vist mai abans. Semblava una estrella de rock. Era molt alt, primíssim, de cabells clars i salvatges; tenia l'expressió de qui acaba de descobrir que l'home mai no ha arribat a la Lluna.

Va mirar al voltant provant de comprendre on havia entrat i em va preguntar:

—Teniu pizzes?

Capítol
TRES

Li vaig indicar el prestatge de les pizzes congelades de mozzarella ratllada i ell les va observar amb un cert escepticisme. En va agafar dues.

Després, es va furgar la butxaca i em va dir:

—Ostres. Perdona. Sóc nou aquí. He... he oblidat la cartera a casa. Puc tornar a pagar-te-les avui mateix?

Jo vaig mirar en direcció al banc, però no vaig veure el senyor Cullen. Havia de prendre una decisió de pressa.

—Molt bé —vaig dir al desconegut—. Però tornaràs, oi?

—I tant que tornaré —em va respondre ell—. I gràcies. De debò... estic...

El que em va dir, fos el que fos, no ho vaig sentir. I, quan vaig explicar el que havia succeït al senyor Cullen, ell es va limitar a mostrar-me un cartell on hi havia escrit NO ES FIA A NINGÚ i em va tornar a enviar a mossèn Pròsper.

L'endemà vaig començar a «donar un cop de mà» a l'oficina de correus.

Vaig ser-hi una setmana sencera, recollint i ordenant muntanyes de correspondència, i de nou vaig sorprendre'm de quantes cartes, paquets i paquetets enviava i rebia la gent. Però és que no s'havien inventat el correu electrònic i els ordinadors per substituir la carta i la cinta adhesiva? Pel que semblava, a Applecross no era així.

La meva primera setmana va ser, en conjunt, divertida i va concloure amb una bona notícia. En Jules, el carter del poble, s'havia torçat el turmell mentre provava de salvar els seus talons de les dents del gos pastor dels McBlack, a Vil·la dels Horrors. Ho va explicar amb gran afectació, gesticulant i modulant el to de veu, i els meus companys semblaven realment impressionats: a ningú, deien, se l'hauria d'obligar a entregar el correu a aquella família.

Bé: hi ha molt de llegenda, en totes aquelles xafarderies, sobre la fama de busca-raons que envoltava els McBlack. La seva casa tenia el sobrenom de Vil·la dels Horrors, tot i que, de terrorífica, a banda de les estàtues, no en tenia res. I, pel que fa a la ferotgia del seu gos pastor, a parer meu, havia estat exagerada per l'art de l'heroic carter. Però en Jules s'havia torçat el turmell de veritat, tenia el peu alçat sobre la cadira i s'hi havia posat una mica de gel.

—Quina mala passada, Jules... —va dir una de les senyores de les finestretes.

I una altra:

—Estant lesionat com estàs, qui pujarà ara a la bici per lliurar el correu?

En menys d'un segon tothom em mirava. I jo vaig trigar encara menys a acceptar-ho! Estaria de nou sobre una bici! I, de nou, a l'aire lliure, on m'agradava estar.

Capítol
QUATRE

LA BICICLETA
EL SAC EN BANDOLERA
EL SOBRE DE LES LLETRES D'OR

El segon dissabte de juny, quan les escoles van tancar oficialment les portes i van arribar els informes amb els noms i les notes dels aprovats i d'aquells que, en canvi, havien de repetir curs (només jo), pedalava sobre la bicicleta del carter del poble.

En Pedaç panteixava darrere meu, ben decidit a no deixar-me un sol metre d'avantatge, i jo, quan el carrer s'enfilava costerut, em posava dret sobre els pedals, mirant de resistir l'esforç. Tenia la sensació que la bici d'en Jules es podia trencar en qualsevol moment i no hauria estat bo que passés. Al capdavall, era el meu primer dia de carter.

Tenia el sac del correu penjat en bandolera. Contràriament al que feia en Jules, que ordenava els diferents sobres i es preparava el recorregut abans de pujar a la bici, jo treia una carta cada vegada, llegia l'adreça i me n'hi anava. Com si anés a la cerca d'un tresor. Allò sí que era una feina.

I, a més, tots, sobretot els de les granges, em donaven les gràcies per haver-los dut les cartes i em convidaven a beure un got de llimonada. I, durant tota l'estona que estava amb ells, tenien el gossos agafats pel collar per tal que no em mosseguessin ni ataquessin en Pedaç. Mai no l'havia vist tan feliç, a ell: a cada parada marcava territori, gratava l'herba amb les potes del darrere i se n'anava satisfet i tranquil, darrere la meva bicicleta, mentre els gossos pastors, grunyint, eren retinguts, amb esforç, pels seus amos.

Passaven pocs minuts de la una, quan vaig treure l'últim sobre de la bossa que volia lliurar abans d'anar a casa per dinar i reposar.

Era el sobre dels Lily. Encara ara recordo perfectament aquell moment: em trobava en un carreró secundari de l'interior, al costat d'un llarg prat encerclat per un mur de pedra seca.

A la vora del carrer hi havia una alzina sinuosa, amb les branques retorçades i denses. El rellotge marcava les tretze i tretze minuts, ni un segon més ni un segon menys.

Capítol
QUATRE

I tot just havia anat a parar a les meves mans un sobre estranyíssim, llarg i estret, amb lletres arabesques, que semblaven escrites en or sequí. El sobre venia de Londres, d'un tal Club dels Viatjants Imaginaris, i anava dirigit a:

Gentil família Lily
Botiga Battibaleno
Eggstones Heaven, 36
Reginald Bay, Applecross (Escòcia)

En un primer moment vaig pensar que era una broma, tant pel remitent com, sobretot, pel destinatari. Mai no havia sentit a parlar de la família Lily a Applecross, i encara menys de Reginald Bay o d'un lloc anomenat Eggstones Heaven. És cert, a Escòcia cada arbre pot tenir més d'un nom, però allò era la primera vegada que ho sentia pronunciar.

No sé per què, però vaig ensumar la carta: estava lleugerament perfumada. I tenia una consistència estranya. Vaig provar de doblegar-la, però era com si al seu interior no hi hagués un simple full de paper, sinó alguna cosa més rígida. O...

Em van venir ganes de riure. Era com si aquell sobre estigués ple de sorra, que anava d'una banda a l'altra segons com l'inclinés. Com s'anomenaven aquells vells rellotges?

—Clepsidres —vaig xiuxiuejar mirant el sobre a contra llum. Vaig pensar i tornar a pensar inútilment en l'adreça, i tot el que vaig aconseguir va ser un llarg calfred a l'esquena—. Anem a casa, Pedaç, d'acord? I potser tornarem a pensar-hi amb l'estómac ple.

En Pedaç em va bordar content.

Pedalava tranquil cap a la granja dels meus pares, sense adonar-me que de les branques de l'alzina, sota les quals m'havia aturat, havia lliscat lentament a terra una figura embolicada en un abric de quadres. Era un home, o potser una dona, o millor encara, una criatura embruixada, amb un nas llarg, aguilenc, i amb els ulls blaus com el glaç, que m'observaven curiosos mentre m'allunyava.

Crec que era un emissari dels Askell, si no Semueld Askell en persona, però aquell dia encara no podia saber-ho.

No sabia res de res, perquè encara no havia lliurat el sobre de les lletres d'or. I encara havia de passar tot.

El **FLASCÓ** *de* **TINTA DAURADA**
permet enviar amb seguretat correu reservat.
L'adreça del destinatari canvia en el sobre seguint
les indicacions i els coneixements geogràfics del carter,
per facilitar el lliurament més ràpid de la carta.

Capítol

CINC

EL NAUFRAGI AIBY LA PEDRA

Ei, Doug —vaig provar, un cop a taula—. Has sentit a parlar d'un lloc que s'anomena Reginald Bay?

—Eh? —em va preguntar el meu germà mentre mastegava amb força.

—Reginald Bay —vaig repetir separant les síl·labes—. L'has sentit mai, aquest nom?

No, no l'havia sentit anomenar mai. I la mare encara menys.

—Pots preguntar-ho al pare —em va suggerir—. Saps que en geografia és invencible.

Era veritat: semblava que el pare hagués viatjat per tot el món, perquè coneixia tots i cadascun dels noms. I, en canvi, ho devia haver estudiat tot als mapamundi, durant les interminables tardes d'hivern, quan a Escòcia es fa fosc tot just després del migdia. Aquell Club dels Viatgers Imaginaris li hauria d'haver escrit a ell, la carta.

El vaig trobar a la tanca, amb la mirada perduda pels prats d'herba onejant. Vaig apropar-m'hi amb cautela, però sense la por dels dies anteriors. Ara tenia una feina: als seus ulls, estava fent alguna cosa millor que perdre el temps al riu.

Quan vaig repetir-li el nom de la badia, va semblar que hi pensava. «Bon senyal», vaig dir-me. Volia dir que ja l'havia sentit.

—Reginald, has dit... —va remugar en veu alta—. Si és la badia en què jo penso, ja no s'anomena així, però... —Va recolzar-se a la tanca i va assenyalar-me la costa del nord d'Applecross, més enllà del molí vell—. Recordes la badia blanca?

Vaig fer que sí amb el cap: l'anomenàvem així pels còdols clars del fons.

—Hi ha un parell de caletes i després, més enllà del petit turó sobre el qual hi havia hagut fa temps un bosc d'alzines, hi ha una gran platja de pedres i roques.

—Vols dir la Cremada? —vaig preguntar.

—Exacte. Durant una època, abans que les alzines es cremessin, també l'anomenaven Reginald Bay.

—I per què?

Capítol
CINC

—Oh! —va fer el meu pare—. Arran d'una vella història de naufragis. Un tal Reginald va estavellar-s'hi amb la seva nau, i, des de l'aleshores, va prendre el seu nom. Ja saps com són els habitants d'Applecross: tan bon punt succeeix una cosa estranya, es converteix en un nom.

—Uau. Un naufragi.

—N'hi ha hagut desenes —va treure-li importància el pare—. Tot i que aquell va ser especial, tal com ho recordo. Aquest Reginald era capità d'una nau tota de color vermell.

Li vaig demanar si sabia a què es referia el número de la casa 36, a Eggstones, però aquesta vegada no em va poder ajudar.

—Si és la Reginald Bay que jo em penso, és força lluny d'Applecross —va observar—. A la banda oposada del poble des d'aquí. Com a mínim, a vint minuts en bicicleta.

—Posa-hi mitja hora, si ve també en Pedaç —li vaig respondre amb un somriure.

I finalment el pare em va tornar el somriure.

Vaig arribar a Reginald Bay a primera hora de la tarda. El sol es reflectia sobre el mar en un continu joc de miralls i la silueta de l'illa de Skyle, més enllà de la badia, semblava un sentinella pintat sobre l'aigua. Del carrer principal en sortia un camí de grava que avançava pel bell mig dels troncs ennegrits del vell bosc, la Cremada, per continuar després entre els rocs que formaven el promontori.

Em vaig aturar davant el cartell.

No l'havia vist mai abans. Era una mena de fletxa, però, en comptes de tenir l'asta dreta i la punta assenyalant una direcció, a l'extrem recordava una petita serp: segons com es mirés el cartell, semblava que canviava d'orientació. No hi havia res escrit.

—Què et sembla, Pedaç? —vaig preguntar—. Continuem endavant... o tirem camí avall?

En Pedaç va bordar el camí, o sigui que vaig seguir-lo, mentre empenyia la bicicleta. Ens vam endinsar enmig de grans rocs disposats com un amfiteatre: semblava que un gegant els havia posats allà. I pensar que realment havia anat així... Però llavors jo no podia ni imaginar-m'ho.

Vaig seguir el camí fins a un revolt. Més avall, a una desena de metres de mi, veia les ones que es trencaven. El camí, en canvi, continuava per la costa entre els còdols fins a arribar a...

Vaig obrir i tancar els ulls diverses vegades, meravellat. A l'altra banda de la petita cala, hi havia una caseta que no havia vist mai abans. Era petita, amb el sostre negre en els extrems i una gran llar de foc de pedra. Les parets eren de fusta vermella i al costat de la porta hi havia una gran finestra que semblava l'aparador d'una botiga; en primer pla, un parell de finestrons més petits, amb els porticons oberts i una motllura blanca.

—Ei, Pedaç —vaig dir—, l'havies vista mai?

El gos va aclofar-se'm al davant i va començar a remenar la cua, mirant-me. «Quina poca ajuda», vaig pensar dins meu.

Vaig recolzar la bicicleta en una de les moltes pedres en forma d'ou que omplien el promontori i vaig encaminar-m'hi per la sendera. El vent xiulava fluixet i l'únic soroll que sentia era el de l'arena sota els meus peus i les potes d'en Pedaç que trotaven.

Mentre caminava, la imaginació em va començar a jugar les primeres males passades. Tenia la sensació que no estava sol, allà dalt, i que hi havia moltes i minúscules criatures que s'amagaven entre una pedra i una altra per espiar-me, quan els únics éssers vius érem nosaltres i les gavines que estaven arraulides sobre les pedres. Vam passar pel davant d'una de particularment imponent, que va clavar el seu ullet rodó en nosaltres, de cap manera cordial, sense apartar-se ni un mil·límetre.

Tenia un bec corbat, esmolat com un ganivet.

Em vaig subjectar millor el sac de carter al coll i vaig provar de fer-me una mica el fort.

—Qui sap on deu ser el número 36 —vaig demanar-me en veu alta, mentre continuava endavant.

Després vaig aturar-me de cop, perquè hauria jurat que havia sentit la gavina que em deia: «Allà a dalt», assenyalant amb el bec la casa vermella.

Sabia que m'havia confós, perquè les gavines només fan aquells cants estridents que, a vegades, semblen crits, però les meves cames eren incapaces de moure's. En Pedaç estava tranquil, com si no hagués passat res, o sigui que em vaig limitar a girar-me, fixant-me en la gavina que estava sobre la pedra. M'estava mirant com si pensés: «I, doncs? Hi vas o no hi vas?»

Vaig empassar saliva, em vaig estrènyer el sac de carter i vaig continuar.

—Correcte —vaig dir-me quan vaig llegir el número de la casa al costat de la porta. Tot i que no hi havia altres edificis a la vora, la caseta vermella tenia el número 36.

Quan hi penso, m'adono que, simplement, hauria pogut recolzar la carta sobre el picaporta o fer-la passar per sota, com es feia a cals McBlack, girar cua i marxar, però no ho vaig fer. Tot era molt estrany, però no tenia por. Aquell lloc m'encuriosia i m'agradava: els milers de pedres que hi havia tot al voltant, el soroll del mar i de les gavines, el sol que es ponia darrere les illes... Experimentava una sensació de pau com la que sentia tan sols alguns dies especials, al rierol. Aquells dies que semblen plens de pols màgica suspesa en l'aire. I potser ho són, realment, de màgics.

Vaig buscar un timbre, però no n'hi havia; després, el picaporta, però tampoc no n'hi havia, i, llavors, vaig intentar fer el tomb per fora la casa, però no me'n vaig sortir, perquè estava encastada directament a l'escullera i encerclada per grossos matolls de galzeran, amb els seus milers de baies vermelles. Si m'hagués aturat a pensar tan sols un instant, m'hauria adonat que fins i tot aquell detall era molt i molt estrany, ja que les baies de galzeran floreixen al novembre. Però no hi vaig pensar. Vaig ignorar aquella enèsima raresa i vaig tornar a la part del davant, on hi havia l'única porta d'entrada.

Vaig mirar en Pedaç.

—Diria que no hi ha ningú —vaig concloure, decebut.

Vaig donar l'esquena a la casa de fusta vermella i em vaig girar en direcció al promontori on havia deixat la bicicleta. La meva mirada es va perdre en la infinitat de roques esmussades pel vent, fins que en Pedaç va bordar. Va fer un sol lladruc, però va ser tan agut que el cor em va fer un bot. En el fons no era del tot cert que no tingués por.

—Què passa, amic? —li vaig demanar, ajupint-me al seu costat per acaronar-li les orelles. En Pedaç havia alçat la cua i amb el morro apuntava cap a la porta de fusta de la casa vermella. Algú l'estava obrint i semblava que fes grans esforços, com si hi hagués desenes de panys complicadíssims. Després, la porta es va entreobrir i, darrere el batent i el muntant, va aparèixer una maneta blanca de dits llargs i afusats. Després van despuntar un braç, una espatlla i, finalment...

Crec que vaig quedar bocabadat la primera vegada que vaig conèixer l'Aiby Lily. I crec que vaig tenir la boca oberta tanta estona que ella em va preguntar:

—Estàs bé?

L'Aiby era alta, prima, amb les cames i els braços llarguíssims. Tenia una cabellera negra i encrespada i dos ulls completament verds. Anava... bé, no anava pròpiament vestida: era més aviat com si la roba li hagués caigut a sobre en obrir l'armari. Duia dues samarretes, uns texans estripats, un cinturó estrambòtic i uns graciosos mitjons de ratlles.

I era magnífica. Era la noia més bonica que havia conegut mai.

Capítol
CINC

—Crec que l'estàs ofegant —em va dir, assenyalant en Pedaç.

I tenia raó: havia quedat tan embadalit per la seva aparició, que, sense voler-ho, havia començat a cargolar-li les orelles al voltant del coll. El vaig alliberar i d'un bot em vaig posar dret.

—Ah. Oh. Hola —vaig dir tancant finalment la boca. Després vaig assenyalar l'escullera de penyes a la nostra esquena—. Perdona que et molesti, però... em pensava que no hi havia ningú.

Ella es va posar les dues mans als cabells, amb els colzes alçats, i va respondre:

—I no hi havia d'haver ningú, però... —Va riure i va afegir en veu baixa—: La veritat és que m'he adormit! —Va acabar de desemperesir-se i es va tapar la boca per badallar.

Tenia piguetes! I dos clotets als costats de la boca!

—Però, de totes maneres, què hi fas tu aquí? —em va etzibar—. Encara no hem obert.

—Perdona?

—I qui ets?

Llavors em vaig adonar que no m'havia presentat. Vaig provar de posar-hi remei, molt barroerament en realitat, però, pel que semblava, a ella li va agradar.

—Em dic Finley McPhee, amb «f», ben bé així. I sóc el carter. Bé, no exactament el carter, que és en Jules, però, resumint, el substitueixo. I ell és en Pedaç, el meu gos.

—Un carter?

—Exactament.

Vaig remenar dins la bossa i vaig treure la famosa carta de Londres. Vaig llegir ràpid l'adreça i vaig preguntar-li:

—Ets tu?

—No sóc tota la família Lily, però sí, sóc jo. —Va estendre'm la mà—. Aiby Lily, molt de gust.

Vaig estrènyer-li la mà i del meu palmell va irradiar una descàrrega de calor que em va pujar fins al coll i més amunt, per tot el cos. Va ser com quan se submergeix una bosseta de te dins l'aigua calenta i es veu com el color d'ambre s'expandeix tot al voltant. Gairebé podia sentir com el perfum de gessamí s'obria camí dins meu.

—Un plaer coneixe't, Aiby. Així, doncs, crec que aquesta carta és per a tu.

Vaig enretirar la mà i vaig lliurar-li el sobre de lletres daurades, al qual ella tan sols va fer una ullada ràpida abans de posar-se'l a la butxaca dels texans.

—Gràcies —va somriure—. Però mira que bonic. És un moment important: és la primera vegada que rebo una carta.

Capítol
CINC

—De veritat? Llavors, és un plaer doble haver-te-la portat jo. Jo les adoro, les cartes.

Ella va fer una ganyota, com per dir: «Sí, però no totes.» I, tal com se l'havia ficada a la butxaca, vaig intuir que aquella no devia ser de les millors.

—Cartes, postals, missatges en botelles... —vaig continuar, per no deixar que la conversa s'acabés—. De tant en tant se'n troben fins i tot a la platja.

—De veritat?

—Sí, si saps on cercar-les —vaig mentir.

Ella va fer una riallada cristal·lina.

—I tu ho saps?

—Quedaries sorpresa.

Però ella no semblava convençuda.

—Al meu pare li agradarien.

—Fa molt que sou aquí? —vaig preguntar.

—Oh, no. Tot just acabem d'arribar.

—Ah, veus. Ja ho deia jo.

—Què és el que ja deies tu?

Em vaig posar immediatament vermell.

—Bé. En fi, no t'havia vist mai abans al poble. I no és que hi hagi milers de persones de pas. A més, si t'he de ser sincer, mai no havia vist casa teva. És realment molt... molt...

Ella va seguir la meva mirada cap a les parets de fusta vermella, esperant que acabés la frase.

—Molt... insòlita —vaig deixar anar.

—Té la seva personalitat —va dir l'Aiby—. Jo la trobo divertida. I, a més, sent d'aquest color, es veu bé fins i tot des del mar. Pot ser útil.

No vaig entendre-ho, però vaig assentir amb decisió.

—Oh, sí. I tant. Molt útil.

—El pare i jo hem trigat molt de temps a trobar-la.

—A trobar-la?

—No sabíem que era aquí. En un moment determinat el pare va pensar que ens havíem equivocat i estàvem mig decidits a deixar-ho córrer. Estàvem a punt de llançar la tovallola, saps?

Vaig somriure, amb vergonya.

—I després, en canvi, sense esperar-nos-ho, vet-la aquí. La casa de fusta vermella del meu rebesavi.

—La va fer el teu avi?

—Rebesavi. O alguna cosa semblant. No sóc gaire bona amb les dates.

Vaig gratar-me el cap:

—Ni jo tampoc. Però, llavors...

Ella em va mirar amb aquells seus ulls grossos i verds de gat.

Capítol CINC

—...Llavors, el teu rebesavi també vivia a Applecross —vaig acabar.

—Ets realment un geni, Finley! O és que m'estàs prenent el pèl?

Vaig riure.

—Perdona.

Estúpid. Estúpid. Estúpid. Era evident que si el seu avantpassat havia construït una casa allà, és que hi havia viscut.

—En realitat era una manera de saber-ne alguna cosa més, perquè...

Track!

De l'altra banda de la cala, de sobte, rodolà un roc que va colpejar de ple la meva bici i la va fer caure a terra.

—Oh, no! —vaig exclamar—. La bici d'en Jules!

Vam córrer tots dos camí avall i vam arribar on era la bici. La vaig alçar i vaig mirar de fer girar les rodes. La de davant estava perfecta, però la de darrere només es movia a mitges: la pedra havia abonyegat el quadre i la roda dentada sobre la qual girava la cadena.

—Però mira quina mala sort! I ara com m'ho faré?

L'Aiby es va posar de genolls al meu costat, em va fregar la mà i va agafar el pedal, mirant-lo amb molta atenció.

—Si em promets de no dir res a ningú, puc provar d'arreglar-ho.

—I què es el que hauria de dir?

—M'ho promets?

Vaig assentir, confós.

—Gira't cap allà.

—Com?

Ella va introduir una mà sota la samarreta i en va treure un penjoll de llautó en forma d'aranya. Em va semblar la típica joia macabra que feia espantar les noietes, però, pel que semblava, no era així.

—Gira't —va insistir.

Em vaig trobar mirant el mar i les illes llunyanes, mentre, a la meva esquena, l'Aiby recolzava l'aranya sobre la cadena de la meva bici. Vaig sentir un estrany clic clac, després em va semblar sentir un soroll de potetes metàl·liques i l'Aiby que murmurava:

—Prova de fer el possible, amic meu. —I, després, va dir:

En Pedaç es va posar a grunyir, desconfiat, mentre jo estava tan meravellat per tot el que succeïa que no aconseguia dir ni mitja paraula. Però no em vaig girar.

Capítol CINC

L'Aiby va tossir i va donar un cop al quadre de la bici. Finalment va aparèixer al meu costat.

—Ja està —em va dir—. La teva bici està com nova.

Vaig examinar la cadena. Girava perfectament.

—Es pot saber com dimonis ho has fet?

—No ho diguis mai més —em va xiuxiuejar ella, abaixant de cop els ulls, que van tornar-se ametllats.

—Què és el que no he de dir mai més: «dimoni»?

L'Aiby va brandar el cap. Els cabells negríssims li van caure sobre els ulls de maragda.

—«Es pot saber». Perquè no sempre es pot saber tot.

Plic. Plic.

Les primeres gotes de pluja van arribar per subratllar aquella enigmàtica frase. Vam alçar tots dos la mirada cap al cel, on estava passant un núvol. L'Aiby va llançar un xisclet divertit i, sense afegir res més, va córrer cap a casa.

—Ei! —vaig provar de cridar-la.

—Gràcies per la carta, Finley McPhee! —va cridar-me ella sense girar-se—. Que tinguis una bona tarda!

—Aiby! Però on vas?

Era evident on anava: a resguardar-se de la pluja. No estava precisament agut, aquell dia.

—Quan puc tornar-te a veure? Ei, Aiby!

Com a resposta em va arribar la seva riallada cristal·lina.

La pluja es va fer més intensa i, mentre començava a notar-la sobre els cabells i al coll, la noia dels meus somnis va desaparèixer darrere la porta de fusta de la seva caseta vermella.

El cel va tronar i jo vaig deixar que l'aigua em pessigués els ulls i em recorregués la pell. Vaig obrir les mans. Era just que plogués: em sentia com si realment m'hagués travessat un llamp, semblant a aquell que devia haver incendiat el bosc d'alzines uns quants anys abans. A més, estava segur que el llamp havia descarregat dues vegades: una per a mi i una per a l'Aiby. Tot i que ella, probablement, no ho hauria admès mai.

Estàvem fets l'un per l'altra.

—Potser ens podem veure aquest vespre a la platja... —vaig murmurar, sota la pluja insistent—. La marea serà baixa. —Després vaig sospirar i vaig empènyer la bicicleta al mig del bosc cremat—. Però crec que hi anirem nosaltres dos sols, oi, Pedaç?

El meu gosset em seguia confiat i, quan va intuir que s'estava parlant d'ell, va remenar la cua.

ARANYA REPARADORA

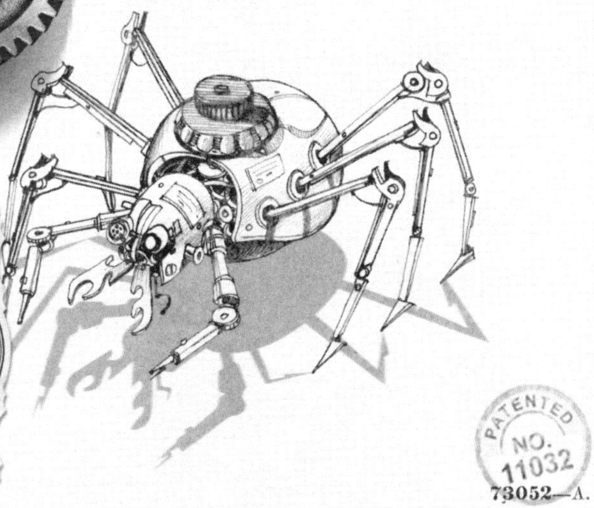

73052—A.

73056—J

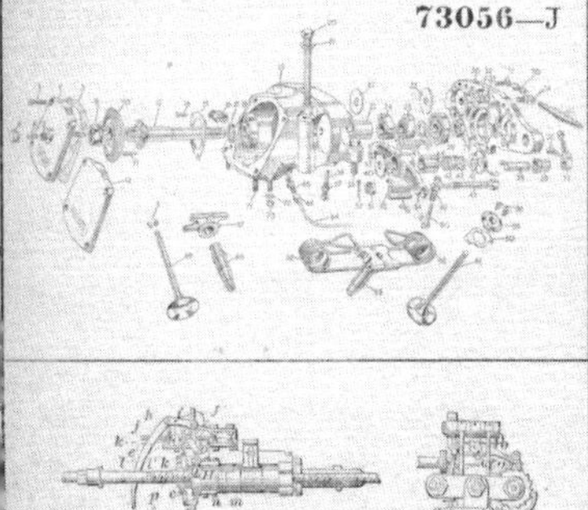

L'**ARANYA REPARADORA** és l'últim dels Objectes Mecànics projectats pel miniaturista persa Omar Ich'bin-Kayann. La col·lecció originària constava de quaranta minúsculs autòmats, cadascun construït amb una tècnica mecànica diferent, però es va perdre durant el saqueig d'Alí Babà.

Capítol

SIS

ELS MOSQUITS LES ALGUES EL LLADRE DE PIZZES

Al vespre, a la platja, només hi havia els mosquits, i ni tan sols ells semblaven gaire interessats en mi. Vaig caminar amb desgana per la sorra encara humida i tova, deixant a la meva esquena una llarga renglera de petjades poc profundes.

Tot i que mirava al meu voltant, en realitat veia ben poca cosa. La llum era amb prou feines suficient per il·luminar el rompent i els feixos d'algues, els branquillons, les petxines i la brossa transportats pel mar. En qualsevol altra ocasió de marea baixa hauria examinat la sorra a la recerca de qualsevol cosa, però aquell vespre no. M'havia endut la motxilla com sempre que sortia a buscar tresors, però continuava pensant en l'Aiby, i de manera obsessiva, crec, ja que havia comptat tots els cent noranta-set minuts que havien transcorregut des de la nostra trobada. Durant aquell temps no m'havia adonat de res: ni que un home amb l'abric de quadres em seguia, ni que l'estrany cartell de l'encreuament que duia a Reginald Bay havia desaparegut tan bon punt havia tornat enrere, ni tampoc que una de les gavines d'Eggstones havia alçat el vol per assegurar-se que realment me n'ananava d'allà. Ni tan sols havia relacionat l'avantpassat de l'Aiby amb aquell tipus que havia naufragat amb un vaixell vermell. I no m'havia amoïnat el fet que ella hagués reparat la bicicleta d'en Jules amb un penjoll de llautó en forma d'aranya i una frase en una llengua incomprensible.

Mentre caminava i pensava entre els mosquits de la platja, en Pedaç va trobar alguna cosa que el va encuriosir i es va aturar a ensumar-ho. Em vaig imaginar que, al cap de poc, udolaria pel típic cranc petit que li pessigava el nas i que, després, començaria a bordar com un boig, amb l'esperança de venjar-se'n.

I, en efecte, va udolar i es va posar a bordar.

Em vaig posar les mans a la butxaca i vaig continuar, somrient per dins. M'agradava que les coses no canviessin, perquè, així, tenia la sensació que aconseguia comprendre-les del tot.

Vaig arribar al final de la platja, allà on la sorra de color gris perla es confonia amb el negre de les roques, i en Pedaç encara no havia aconseguit caçar el cranc.

Al cel, les estrelles eren precioses. I l'eixam de mosquits feia el mateix so que els violins d'una orquestra quan s'afinen.

—Va, Pedaç! Vols fer el favor de venir?

Res a fer. Vaig haver de tornar sobre els meus passos, fins al lloc on el meu tossudíssim company d'aventures s'havia encallat. Bordava i grunyia a un munt d'algues negres, amb el morro entre les potes del davant, la cua dreta i el cul alçat.

—Però es pot saber què dimonis...

Em vaig aturar a mitja frase, recordant allò que l'Aiby m'havia dit que no digués. No «dimoni», sinó que no sempre es pot saber tot. Vaig donar un lleu cop de peu al munt d'algues i em vaig adonar que amagaven alguna cosa.

—Ostres —vaig murmurar ajupint-me sobre la sorra humida—. Oh, ostres.

I probablement vaig repetir-ho una desena més de vegades.

No m'ho podia creure. A cada marea baixa dels últims cinc anys havia batut les platges d'Applecross imaginant exactament aquell moment. I ara que s'havia fet realitat no aconseguia fer altra cosa que observar la botella mig coberta de sorra i repetir:

—Ostres.

En Pedaç, en un rampell de valentia, la va ensumar una miqueta. I jo vaig decidir-me. Amb tota la cura possible, vaig desencallar la botella i vaig alçar-la davant els meus ulls, a contrallum. No hi havia cap mena de dubte. Havia trobat un missatge dins una botella.

La vaig observar amb atenció: era una botella normal i corrent, a la qual el mar li havia desenganxat l'etiqueta. Al fons, en forma de cercle, hi havia impreses aquestes paraules:

Germans Murano - Carters del mar
Sempre sobre la cresta de l'onada.

Un fort tap lacrat, que semblava de cera, havia mantingut sa i estalvi al seu interior el més clàssic dels paperets cargolats. Vaig fer saltar el tap amb la punta de la meva inseparable navalla multiusos, vaig inclinar la botella i vaig assaborir el tacte del paperet que em lliscava sobre el palmell de la mà. Vaig descargolar-lo amb la màxima cura i vaig veure que estava escrit en anglès.

Contenia aquesta endevinalla:

Capítol **SIS**

Cinc persones passejaven per la contrada.
Si no m'erro, una dona i quatre homes.
Quan, de sobte, una tempesta els atrapà:
de totes bandes queien pluja i llampecs.
Tots quatre alhora van córrer per escapolir-se'n.
Però ells arribaren xops i ella, seca.
Ara et pregunto: de quin color anaven vestits?

Vaig llegir i rellegir el missatge unes deu vegades i vaig mirar que no hi hagués cap altra cosa a l'ampolla.

Res més. Només el paperet.

No sabia si estar feliç o desil·lusionat, perquè, d'una banda, per fi havia trobat un missatge en una botella i ja m'imaginava exhibint-lo davant d'en Doug, per fer-li entendre que no estava tan boig com ell deia i que els missatges en botella arriben realment. D'altra banda, però, m'imaginava que, una vegada hagués llegit el missatge, em diria alguna cosa del tipus: «Molt bé, escurçó! Ara sí que els teus vespres a la platja tenen sentit! Quin gran missatge!»

I hauria tingut raó, perquè, diguem-ho clarament, qui hauria pogut llançar al mar un missatge com aquell? I per què?

«És una broma», vaig dir-me. Sigui com sigui, però, era

una coincidència realment increïble que hagués trobat el missatge el mateix dia que havia conegut l'Aiby. Era el que se'n diu un dia amb sort!

Vaig rumiar sobre aquell paperet i aquella botella al llarg de tota la passejada que duia de la platja a Bealanch Ba, el carrer dels Bous.

I vaig intentar també resoldre l'endevinalla. Quatre homes i una dona. Comença a ploure. Ells corren, ella no. Llavors, ella arribava seca i ells, molls. «Però, a on arriben?», em vaig preguntar. I quina importància podia tenir el color de la seva roba?

Vaig riure, mentre arribava al carrer de la Costa, amb la intenció d'arribar com més aviat millor a casa per posar la botella al lloc d'honor de la meva col·lecció de troballes. I va ser llavors que el vaig veure. L'home de cabells rossos que havia entrat la setmana anterior a la cooperativa per agafar dues pizzes sense pagar-les caminava a pas lleuger pel bell mig del carrer, en direcció cap a mi. Anava vestit completament de negre i la llum platejada de la nit feia resplendir els seus cabells com l'aurèola d'un fantasma. No és que els fantasmes tinguin aurèola, d'acord, però va ser això el que vaig pensar. En una aurèola i en un fantasma.

Avançava veloç cap a mi i, abans que en Pedaç se

n'adonés, vaig aferrar-lo pel collar i em vaig amagar amb ell darrere les pedres que omplien la vorera del carrer. Vaig agafar-li el morro i vaig mirar-lo directament als ulls, amenaçant-lo:

—Ara et deixo anar, i tu em promets que no bordaràs, entesos?

En Pedaç va udolar, i això va ser suficient per tranquil·litzar-me. Vaig arrossegar-me entre les pedres per aconseguir veure el carrer i vaig sentir que la botella amb el missatge dringava dins la motxilla. Vaig maleir en veu baixa: per a algú com jo, acostumat a dies sempre iguals, estaven succeint massa coses estranyes, a Applecross.

—Oh, ostres —vaig murmurar per enèsima vegada aquell dia.

El paio ros no estava pròpiament caminant pel carrer. Les seves cames estaven immòbils i, tanmateix, ell avançava a una velocitat constant. Una vegada, a la televisió, havia vist un giny amb dues rodes que permetia transportar-se d'aquella mateixa manera: s'havia d'estar dret i es feia oscil·lar el pes d'un costat a l'altre. Però aquell tipus no tenia cap giny sota els peus. A més: els peus ni tan sols es veien, perquè els pantalons que duia eren molt llargs, tant, que cobrien les sabates, i... bé, semblaven que fossin els mateixos pantalons els que es desplaçaven pel carrer.

Vaig empassar saliva, mentre en Pedaç, al meu costat, estava també estupefacte. Els pantalons de l'eteri desconegut que es movien sols van fer cap al centre del poble, i nosaltres dos el vam veure allunyar-se.

—L'has vist tu, també, Pedaç? —vaig murmurar tan bon punt vaig estar segur que no ens podia sentir—. I saps què és el més estrany? —En Pedaç va udolar—. És el que jo mateix m'he dit —vaig confirmar—. Per què aquest paio duia a la mà un ram de flors?

Potser algú altre ja n'hagués tingut prou per córrer ràpidament a casa i tancar-se a l'habitació a dormir, però no era el meu cas ni el del meu gos.

En Finley McPhee no era una persona que es fes enrere davant d'una excessiva seqüència de coses estranyes. Ja ho he dit en moments menys sospitosos: no crec en les coincidències. I, com que no sabia encara en quina altra cosa creure, vaig decidir, en cas de dubte, ser curiós fins al final.

—Ho sé, ho sé... —vaig mirar de tranquil·litzar en Pedaç—. Però no podem deixar-lo escapar, amic meu.

Vaig pujar a la bicicleta mentre en Pantalons Errants s'allunyava a poca distància pel carrer, i, en mirar les

Pantalons de Pur Fil d'Escòcia que Caminen Sols.

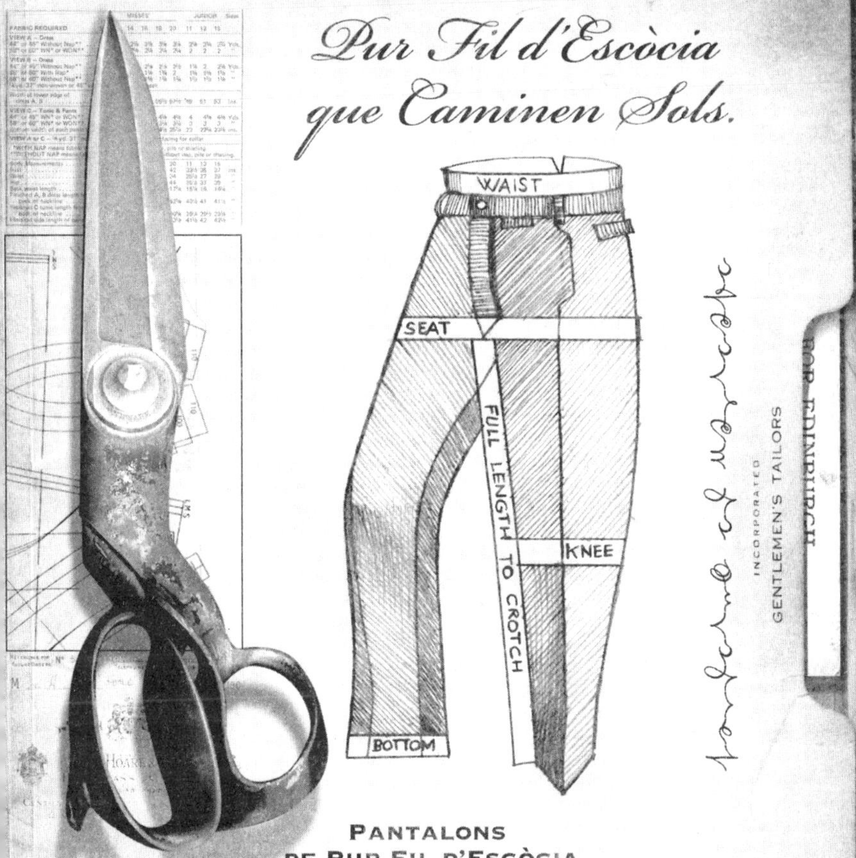

PANTALONS DE PUR FIL D'ESCÒCIA

estan fets de llana Shetland sotmesa a un tractament específic de resurrecció amb oli de mandràgora i fum de mercuri. El tipus de moviment autònom de la peça de roba teixida amb aquest tractament el decideix el sastre que els confecciona mitjançant una tècnica antiga.

BATTIBALENO

potetes curtes d'en Pedaç i el seu morro fatigat, després de seguir-me durant tot el dia, vaig tenir compassió.

—Molt bé —vaig proposar-li traient-me la motxilla i obrint-la davant d'ell—. Fica't a dins, però, a canvi, ni et mouràs ni molestaràs, d'acord?

I va ser així que, amb el gos a l'esquena i els peus als pedals, vaig llançar-me a perseguir aquell inefable lladre de pizzes.

Capítol
SET

EL RAM DE FLORS EL CEMENTIRI EL MASTÍ

El desconegut de mitjanit va travessar amb el ram de flors un poble desert. Els globus lluminosos dels fanals semblaven bresques d'abella: la seva claror tènue era com un capoll a causa de la humitat de la nit. Brunzien fluixet. Els llums de les botigues estaven apagats i també els de les cases. Només del garatge d'en Seamus, l'instal·lador d'antenes del poble, es filtrava una resplendor forta i intermitent, com de flama de gas en funcionament. Segur que en Seamus estava reparant algun dels seus ginys.

El desconegut es va encaminar cap a l'interior i, per a sorpresa meva, es va dirigir cap al campanar d'Applecross i es va aturar a poques passes de l'església. Em vaig amagar darrere la cantonada del carreró per observar-lo.

De la rectoria no en sortia ni una escletxa de llum. La base de l'església estava envoltada per una estranya boira estival.

En Pedaç va sentir un soroll al final del carreró, que el va fer udolar fluixet i, a mi, em va fer girar, però no es va repetir. Devia ser algú que havia tancat la porta de casa. Passes llunyanes. Una estossegada que va ressonar pels camins deserts. Quan vaig tornar a mirar, el nostre home havia desaparegut.

—De pressa, Pedaç —vaig cridar en veu baixa.

Vaig recolzar la bicicleta al mur i em vaig apropar a l'església envoltant el perímetre de la rectoria. Mirava atentament l'eixida, i en Pedaç em protegia per darrere. Superada la portalada, vaig sentir un ronc sonor que provenia del pis de dalt. Vaig imaginar que devia ser mossèn Pròsper, però, després de fer unes cinc passes més, vaig sentir un segon soroll del tot semblant i vaig comprendre que el que havia sentit abans devia provenir de la senyoreta Finla. Ambdós propagaven al seu voltant una tranquil·litzadora melodia.

L'home amb els pantalons que es movien sols havia fet tota la volta a l'església, havia mig tancat la petita reixa baixa de ferro negre i s'havia endinsat al prat humit del darrere, entre les làpides del cementiri.

Capítol
SET

Vaig quedar-me a fora espiant-lo, repel·lint les esgarrifances de malestar que aquella figura alta i diàfana que voltava entre les tombes em provocava. La lluna s'havia amagat darrere els núvols de plom i, després de totes les extravagàncies que m'havien succeït aquell dia, era fàcil comprendre que no era prou valent per seguir-lo més de prop.

Semblava que l'home buscava alguna cosa entre les làpides. Va saltar les herbotes que havien crescut aquí i allà, va llegir les inscripcions mig esborrades pel pas del temps i pel constant plugim escocès, i va endinsar-se encara més al fons del cementiri.

Jo vaig moure'm pel muret el suficient per no perdre'l de vista. Mentrestant, qui sap per què, em tornaven al cap les paraules de l'Aiby i també els versos del missatge que havia trobat a la botella.

A propòsit dels missatges embotellats, aquella tarda l'Aiby havia dit: «Al meu pare, li agradarien.»

«Per què?», vaig preguntar-me tan sols llavors.

En aquell moment vaig tornar a alçar la mirada i vaig renegar. Havia tornat a perdre l'home. Vaig treure el cap sobre el muret per cercar-lo, però no el vaig trobar. Vaig sentir algunes paraules que venien de lluny, seguides pel cruixir del paper que embolicava el ram de flors. Després es va sentir un espetec i en la foscor va llampegar una llambregada blavosa, com si el cap d'un gran misto hagués estat fregat... sobre una làpida.

Davant d'aquella idea, em va faltar la respiració.

En Pedaç va provar de baixar de la motxilla, però jo l'hi vaig impedir, xiuxiuejant-li algunes paraules i gratant-li darrere les orelles. Després, vaig agafar forces, vaig arribar a la petita reixa i vaig endinsar-me al cementiri d'Applecross.

Vaig fer poques passes, atent per no trepitjar les tombes del costat, i, tan bon punt vaig reconèixer la llum blavosa, vaig amagar-me darrere una creu amenaçadora de pedra negra, coronada per un àngel encara més amenaçador, amb les ales desplegades.

L'home que havia seguit estava aturat de cara a dues làpides posades l'una al costat de l'altra, que despuntaven corbades en el prat i davant les quals una llum blava feia pampallugues. El ram de flors era recolzat a terra, l'home tenia les mans juntes i xiuxiuejava alguna cosa. Tot i el silenci de la nit, des d'on em trobava no aconseguia comprendre ni una sola paraula, per la qual cosa vaig fer el cor fort una altra vegada i, rígid com una estàtua de gel, vaig amagar-me unes tombes més endavant.

Capítol
SET

Un branquilló, o un aglà, van relliscar sota les meves sabates. Vaig aturar-me convençut que l'altre m'havia sentit, però semblava que ell no s'havia adonat de res. Seguia mirant la làpida i parlant en veu baixa.

Quan vaig trobar el coratge per avançar, vaig arribar a una segona creu, i des d'allà vaig poder distingir clarament alguna paraula:

—Si poguessis recordar on vas posar-ho... —I encara—: ...No. Al celler no hi és. Ho he comprovat dues vegades.

Amb qui estava parlant aquell boig? I què hi feia al cementiri?

Vaig sentir en Pedaç que tremolava a la meva esquena i movia les potes per mirar de deslliurar-se, però vaig ignorar-lo. Vaig treure'm les nanses i vaig posar-lo a terra, deixant que lluités tot sol amb la motxilla.

—...És clar. La llar de foc, dius... —murmurava el desconegut—. I a la llar de foc, on, segons tu?

Vaig arrapar les ungles a la molsa de la creu que em feia d'amagatall i vaig tirar-me endavant lentament, per veure-hi millor.

Una pèssima idea: quan tot just havia reeixit en l'intent, em vaig demanar per què ho havia fet. Vaig esbatanar els ulls pel terror, incapaç de comprendre, i, com que no ho comprenia, vaig sentir que el meu cos es quedava rígid, des dels dits de la mà fins a la punta dels peus. La flama blava que surava sobre la làpida havia pres la forma d'un rostre amb les òrbites buides. Una boca enorme s'obria i es tancava, com si estigués parlant. Però no emetia cap so o, millor dit, cap so que jo pogués sentir, mentre que les seves paraules semblaven del tot comprensibles pel desconegut que l'havia invocada.

Mentre observava atònit aquell fenomen que glaçava la sang, en Pedaç va aconseguir alliberar-se de la motxilla i, exasperat per tanta inactivitat, va saltar davant la creu, preparat per lluitar. Va bordar amb la força d'un mastí en direcció al desconegut, de manera decididament pretensiosa però amb una determinació envejable. En la foscor no semblava el gosset que era: els llums oblics del cementiri jugaven a favor seu i la seva ombra, projectada sobre el mur de l'església, era tres vegades més grossa que ell. Va llançar-se a l'atac, sense que jo aconseguís aturar-lo. La flama blava va dissoldre's en l'aire, i el mateix va semblar que feia el misteriós visitant de tombes, igualment de pressa. Un instant abans estava dempeus davant les làpides tortes i, al següent, s'havia esvaït en el no-res.

En Pedaç va desplomar-se sobre el que encara quedava de l'estrambòtica troballa, el ram de flors dipositat sobre l'herba, i va començar a esparracar-lo furiosament.

Capítol
SET

Jo vaig recuperar qui sap d'on la força per moure'm, vaig deixar d'aferrar-me a la creu des de la qual havia assistit a la sessió espiritista o el que fos, i vaig anar a subjectar-lo. Ja havia escampat flors per tot el cementiri.

—Pedaç! —vaig cridar-li—. Para d'una vegada!

Vaig aixecar-lo mig metre de terra, mentre encara grunyia.

En aquell moment, un dels núvols que cobrien el cel es va esvair i va permetre que un raig de llum plogués sobre el cementiri i a mi em va deixar distingir els noms inscrits sobre les dues làpides que tenia al davant.

Carlota i Reginald Lily

Va ser llavors quan vaig comprendre de debò que les coincidències no existeixen. Vaig fugir corrent, al més ràpid que vaig poder, vaig tancar la porta de la granja amb totes les voltes del pany i, després, també la de la meva cambra.

Vaig ficar-me al llit vestit, amb en Pedaç arraulit sobre el cobrellit, i vaig passar gairebé tota la nit mirant d'escalfar-me mans i peus entre els llençols, perquè semblaven dos trossos de gel.

MORT
que
PARLA

El MORT QUE PARLA són unes pólvores formades pe
dos quarts de salnitre, un de cristalls de llatzeret i un d
dragonet de tardor. La seva fórmula es remunta al COMTE
DE CAGLIOSTRO, que la va compondre a l'ombra de
VESUVI al segle XVIII. Escampades amb un gest de vental
sobre el lloc de sepultura d'una persona, les pólvores
permeten d'invocar-ne per un temps breu l'esperit (si no ha
estat disgregat mitjançant altres encanteris) i de mantenir
amb ell una breu conversa.

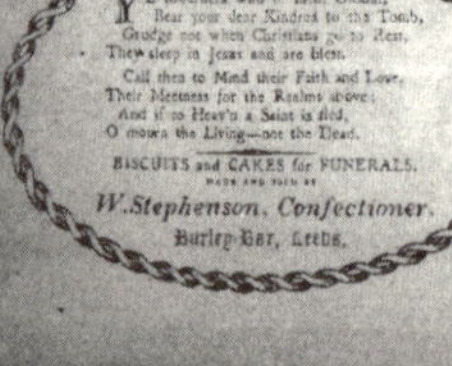

Capítol VUIT

FIONNIR LILY EVERETT

Al matí següent vaig mirar de parlar amb mossèn Pròsper. El vaig trobar a la sala del cor, on estava endreçant les partitures per a l'assaig del vespre.

—McPhee, quina alegria! —em va saludar, ressonant com sempre—. Com anem?

Vaig improvisar una resposta, afanyant-me a assegurar-li que a l'oficina de correus anava tot més que bé.

—Mai no havia vist en Jules tan feliç com des que s'ha torçat el turmell! —va comentar el mossèn.

M'ho podia ben creure.

Des que el substituïa repartint el correu, en Jules per fi tenia temps de dedicar-se a la seva professió preferida: la xerrameca.

Vaig seguir pacientment el mossèn, ajudant-lo a

ordenar els llibrets i les partitures de la taula. Va tocar alguna nota al piano, per comprovar que estava afinat, sacsejant el cap mentre llegia el programa de les peces preparades pel mestre de cant. Va remugar assenyalant l'última de les cançons escollides:

—Crec que hauré de mantenir alguna conversa amb el nostre senyor Fionnir. Aquesta vegada s'ha passat. S'ha sentit mai que un cor d'església entoni el *Cant dels gegants del mar*? Tant per tant, cantem sobre Oberon i Puck i totes les altres criatures paganes!

Semblava enfadat, però no ho estava: com tots els escocesos, havia après a fer conviure creença i superstició, religió i llegendes, grans i petites divinitats. Era completament normal, per a nosaltres, creure en el bon Jesús que protegia els nens i en les *banshee* que, en canvi, els raptaven.

—Mossèn, puc fer-li una pregunta? —vaig dir finalment, quan em va semblar que era el moment oportú.

—Mare de Déu! I tant que pots.

—Vostè, a Applecross, ha sentit a parlar mai dels Lily?

—Com dius?

—La família Lily —vaig repetir, amb la veu que em tremolava una mica.

—Els Lily? —va repetir el mossèn per fer-se'n una

idea, i estic segur que la seva sorpresa va ser autèntica—. És normal que hagi sentit aquest nom, però... pel que recordo, crec que ja no queda cap descendent d'aquella família, si més no des de fa cent anys. Crec. O encara més temps. —El mossèn em va mirar—. Per què t'interessa?

—Simple curiositat —vaig respondre, imprecís, com si n'hagués sentit a parlar a casa.

—Els Lily. Ah! És una vella història, la seva. Vine amb mi —em va ordenar.

El vaig seguir fins a la rectoria, on, per entrar-hi, va desenfundar una enorme clau de ferro forjat.

Feia olor d'all i de sopa de verdures que bullia al foc.

El mossèn em va dur cap a allò que em va semblar el seu estudi: una saleta les parets de la qual estaven cobertes d'armaris de fusta negra. En va obrir un, el va tornar a tancar, va obrir el següent i va treure a fora, després de buscar una mica, un llibrot feixuc.

—En efecte, és tal com recordava... —es va felicitar per dins—. L'últim dels Lily, el fill de Reginald, va deixar Applecross l'any 1801. I des de llavors no hi ha més anotacions.

—Reginald... que està enterrat justament en el nostre cementiri —vaig dir.

—El capità Reginald Lily, sí —va remugar el mossèn—. Aquell que havia fet pintar la seva nau de vermell.

«Com la casa d'Eggstones», vaig pensar astutament.

—Devia ser un bon home. Era molt estimat al poble.

Em va explicar en poques paraules que la famosa nau de fusta vermella de Reginald Lily havia naufragat a la costa a la primera meitat del segle XVIII.

—Crec que aquell naufragi va ser l'esdeveniment més sensacional que ha succeït a Applecross en els últims segles! —va fer broma.

Ja havia sentit la història, havia vist la caseta i m'havia adonat que havia de saber sens falta alguna cosa més que les simples històries que s'explicaven al poble.

—Però de quina mena eren els Lily? —vaig preguntar—. Vull dir: què feien exactament a Applecross?

—Tot els recorden com a benefactors, perquè van construir moltes cases i van reparar-ne moltes altres...

—Benefactors de quina mena? I quines cases van construir?

—Crec que eren d'aquella mena de gent que es preocupa pels altres sense fer-ne ostentació. D'aquells a qui interessa el fons, no el nom.

—És a dir, que eren rics?

—M'imagino que sí —va respondre el mossèn—. Tot i

que no sóc la persona més adequada a qui demanar-ho... Em sembla que eren comerciants honestos.

—Comerciants? De què?

—Exactament no ho sé —va admetre el mossèn—. Sé que tenien una barqueta i que de tant en tant es feien a la mar per assumptes amb les illes dels voltants, crec.

Em va tornar al cap allò que l'Aiby havia dit de la caseta vermella: «I, a més, d'aquest color, es pot veure bé fins i tot des del mar.»

—I vostè sap on vivien? —vaig insistir, tossut.

—Fa dos segles vivien al castell que avui està en ruïnes. L'havien comprat, si no m'erro, a una família noble que s'havia traslladat a Inverness.

Aquesta sí que era una sorpresa.

—Al castell en ruïnes? De veritat?

—Sí, i, fins on sé, van ser també els últims de viure allà. Des que Abton Lily, el fill de Reginald, se'n va anar, ningú no va voler ocupar el seu lloc, i el castell, des de llavors, ha estat deshabitat.

—Potser per culpa dels fantasmes?

El mossèn va riure amb ganes.

—Finley McPhee! No em diguis que a la teva edat encara creus en fantasmes!

Vaig mirar-lo fixament als ulls, sense respondre-li.

Més que creure-hi, n'havia vist un de blavós que surava sobre la làpida d'en Reginald Lily, al cementiri, semblant a una espantosa còpia d'aquell quadre, *El crit* de Munch.

Mossèn Pròsper em va posar una mà a l'espatlla i em va dir:

—Ningú més no va anar a viure al castell perquè era massa gran i massa fred, ve-t'ho aquí. T'imagines, per escalfar aquelles estances tan grans? Un escocès de veritat no malgasta els seus recursos per una mica d'escalfor. No, creu-me, els fantasmes no hi tenen res a veure!

No em convencia del tot, però vaig comprendre que m'havia de conformar amb aquella resposta.

—M'imagino que vostè no ha sentit a parlar mai d'una casa tota vermella, a la zona de Reginald Bay...

—Una casa vermella? —Mossèn Pròsper va arrugar els llavis—. No. Mai. Em ve completament de nou. Tenia notícia del vaixell, però no de la casa. Però es pot saber per què m'estàs fent totes aquestes preguntes, McPhee? No és per una simple curiositat, oi?

Vaig notar un formigueig a les mans, senyal que havia de sortir d'allà al més ràpid possible.

Algú que picava amb contundència a la porta em va salvar i em va proporcionar l'ocasió d'escapolir-me.

Capítol VUIT

—McPhee!—em va cridar el mossèn, amb un to fingidament enrabiat—. No creguis que t'escaparàs així!

—Haig d'anar a treballar!

—Quina en portes de cap amb els Lily? —va insistir el mossèn.

Vaig arribar a la porta i, un instant abans d'obrir-la, vaig respondre:

—Jo? No res! Però crec que han tornat.

A l'entrada hi havia el senyor Everett, llegint atent, com sempre, el seu llibret de cobertes negres.

—Tornes a ser aquí? —em va preguntar.

Però jo no vaig respondre.

Vaig esquivar-lo de costat i vaig córrer a l'oficina de correus, on en Pedaç m'esperava fent guàrdia al costat del sac de la correspondència.

Capítol
NOU

A LA PORTA AL CAMÍ AL CARRER

N'hi havia un altre.

Un altre sobre per als Lily, vull dir. Aquesta vegada estava folrat amb paper d'embalar i les lletres vermelles de l'adreça, tan punxegudes que semblaven grapades, més que escrites, feia la sensació que estaven gravades. Hi havia segells en diverses llengües, cap remitent, però el destinatari era inequívoc:

Hereus Lily
Botiga Battibaleno
Eggstones Heaven, 36
Reginald Bay, Applecross (Escòcia)

Que estúpid! Aquell sobre feia referència també a la Botiga Battibaleno, sobre la qual m'havia oblidat completament de preguntar a l'Aiby i també al mossèn. Però acabava de descobrir que els avantpassats de l'Aiby eren comerciants. Les peces de les diverses informacions, d'una manera o d'una altra, començaven a encaixar. Si més no, m'ho semblava.

Vam lliurar la resta del correu a tota velocitat i vam arribar a la Cremada abans de migdia.

Però el paisatge havia canviat tant que gairebé no reconeixia el camí. Hi havia l'habitual cartell amb aquella estranya fletxa entortolligada, però allà on el dia anterior tan sols havia vist roques i troncs d'arbre ennegrits pel foc, ara havien crescut grans arbustos i matolls exuberants. Una catifa d'herba havia recobert bona part de les pedres i només els rocs més grossos emblanquinaven el paisatge entre la vegetació. Núvols d'insectes, minúsculs i curiosos, brunzien suspesos entre les fulles.

—Ei, Pedaç, no et sembla estrany? —vaig demanar al meu company. Però, com a única resposta, ell va ensumar amb cura un dels joves arbustos, va donar-hi una volta i va alçar la pota.

Una mica atemorit, vaig baixar de la bici i la vaig empènyer de nou pel camí.

Capítol NOU

A banda dels arbres, tot era com abans.

—Bon dia —vaig dir a la gavina que em mirava malament, perquè em semblava la mateixa del dia anterior. En Pedaç va bordar-li.

Aquesta vegada vam arribar tots tres, gos, bicicleta i jo, a la casa vermella. Havia estat construïda amb la fusta del vaixell del capità Reginald, vaig dir-me, mirant-la amb ulls nous. Sota nostre, el mar picava mandrós contra les pedres, transportant els petits còdols en una dolça melodia.

La porta era oberta.

—Aiby! —vaig cridar, sense pensar-ho dues vegades. I, després, també sense pensar-hi, vaig apropar-m'hi per entrar—. Tu queda't aquí —vaig ordenar a en Pedaç, que va asseure's sobre les potes posteriors.

—Aiby Lily! Hi ha una altra carta per a tu!

Vaig poder confirmar que la finestra del costat de la porta no era una simple finestra, sinó un aparador de veritat, com el d'en Liam, el barber. Els porticons de fusta deixaven entreveure un replà sobre el qual hi havia amuntegades velles i estranyes joguines, a les quals, però, vaig donar només un cop d'ull ràpid. Vaig arribar al llindar de la casa i vaig quedar captivat pel que vaig veure.

Vaig aturar-me, tot i que no recordo pas haver-me

aturat realment. De fet, era com si no pogués fer ni una sola passa més.

Més enllà de la porta, vaig reconèixer l'Aiby que llegia un gran llibre, recolzat sobre un d'aquells taulells encoixinats que es veuen en els bars més antics de poble. Als seus peus hi havia una horrorosa catifa de color vermell de foc i, sobre el seu cap, penjava un gran llum de ferro forjat, ple d'espelmes que regalimaven devessalls de cera. A la seva esquena hi havia desenes de lleixes, sobre les quals hi havia amuntegats els objectes més diversos que et puguis imaginar. Tanmateix, no aconseguia distingir-ne cap, perquè tenia la sensació que observava cadascuna de les coses com a través d'un baf tremolós. No podia captar-ne els detalls, les formes es desdibuixaven i els colors eren esmorteïts, les ombres allargassades.

—Aiby? —vaig preguntar, aturat al llindar.

Ella es va girar i va semblar que em veia per primera vegada. Els seus ulls van travessar per un moment la cortina de baf que m'impedia mirar dins la casa i l'expressió del seu rostre em va semblar estranyament preocupada. Vaig quedar-me embadalit amb la seva mirada i vaig somriure-li, avergonyit, tot dient:

—...

Capítol NOU

No recordo què vaig dir-li, ni exactament què va succeir després, però, tan bon punt l'estranya confusió que s'havia apoderat de mi es va esfumar, em vaig tornar a trobar caminant al costat d'ella pel camí del bosc d'alzines, amb en Pedaç que trotava poques passes davant de nosaltres i la bicicleta d'en Jules que xerricava sobre les pedres.

L'Aiby em parlava i jo tenia la sensació que escoltava cada paraula sense entendre res. Em sentia com si m'haguessin pres un tros d'història: primer era jo qui parlava amb l'Aiby a la caseta vermella i, de sobte, nosaltres dos passejàvem pel bosc. Com hi havíem arribat? Què havia passat?

Llavors no ho podia saber, perquè encara no havia sentit a parlar de les pólvores esborra-records Professional Pound, però era exactament allò el que m'havia succeït: l'Aiby havia fet servir l'esborra-records amb mi, per fer-me oblidar allò que acabava de veure.

I, en les seves intencions, ho havia fet per al meu bé.

—Però no ho trobes estrany? —vaig preguntar aturant-me en sec al mig del camí.

—Què hi ha d'estrany? —va respondre ella, esbossant una mitja cabriola.

Vaig assenyalar el bosqueró que ens envoltava:

—Però, com? No t'has adonat de res? Aquests matolls! Els arbustos, l'herba! Ahir no hi eren i...

Ella em mirava perplexa, com si estigués parlant de rinoceronts voladors. He dit ja com n'era de bonica?

—Vull dir... —vaig gesticular. Vaig inclinar-me a arrencar un branquilló per assegurar-me que fos de veritat. Ho era—. Són de veritat!

—És clar que són de veritat! Que no t'agraden?

—No és aquesta la qüestió!

—I quina és, doncs, la qüestió?

—Però com, Aiby! Els arbres no poden créixer en una sola nit!

—Però ahir va ploure —em va fer notar.

—I què? Sempre plou! Som a Escòcia!

Ella va tornar a caminar i va encreuar els seus llargs braços darrere l'esquena. Vaig mirar-la. Duia l'habitual roba estrafolària amb les samarretes i els pantalons de coloraines i, veient-la enmig d'aquell bosc, em semblava que tenia al costat una criatura de conte de fades.

—Els ha posat el pare. Ell és molt bo en aquestes coses...

—En fer créixer els arbres en una nit? —vaig preguntar-li una mica escèptic.

—Són per a la inauguració —va respondre—. No li

semblava bonic que els primers a arribar haguessin de veure aquest espectacle desolador de troncs cremats. Tot i que a alguns d'ells segur que els hauria agradat, però...

—Aiby? De quina inauguració estàs parlant?

—De l'obertura de la nostra botiga, Finley. Per què creus que hem vingut aquí?

—Això m'ho preguntava també jo. I he provat també de preguntar-ho al poble.

—De veritat?

L'Aiby era molt tranquil·la, tanmateix, cada pregunta seva, fins i tot la més inofensiva, em carregava de tensió.

—Sí, exactament.

—I què has descobert, petit investigador?

—Sembla que et molesti.

—Pensa el que vulguis —va somriure l'Aiby—. Però jo no m'he passat el dia cercant informació sobre els McPhee i la seva granja d'ovelles.

—Ei! —vaig saltar—. Com has sabut que tenim una granja d'ovelles?

Com a única resposta, l'Aiby va recuperar un borrissol de llana de la meva roba i me'l va posar sota el nas.

—Està bé —vaig sospirar—. I, a més, aquí tothom té ovelles. Perdona'm. —Vaig empènyer una mica la bici i vaig afegir—: No vull donar-te la impressió que fico el nas en els teus assumptes, però... diguem que m'estan passant algunes coses... insòlites, aquests dies. Més aviat l'últim dia... I, vet aquí que, una mica per jugar i una mica perquè..., en resum, va ser tota una sorpresa, ahir, quan...

Em vaig adonar que m'estava empantanegant en un discurs sense cap ni peus i, llavors, vaig decidir tallar en sec.

—Puc preguntar-te què és la Botiga Battibaleno?

Mentrestant havia arribat al cartell que assenyalava l'inici del camí.

—I, ja que hi ets, podries explicar-me perquè la fletxa d'aquest cartell tan aviat hi és com no hi és?

L'Aiby va somriure'm.

—Finley, estàs segur de voler saber-ho?

Estava a punt de respondre-li que sí quan em va tornar al cap el seu advertiment del dia anterior.

—No es pot saber tot —vaig recordar.

Ella va assentir.

—Exactament. Llavors, escull. A quina de les dues preguntes vols que et respongui?

—La Botiga Battibaleno —vaig dir sense pensar-m'hi.

—La botiga és des de sempre l'activitat de la nostra família —va explicar la noia, amb la mirada que se li havia tornat a il·luminar—. Quan és el nostre torn, l'obrim.

—El vostre torn?

Capítol NOU

—Hi ha altres famílies que es dediquen al mateix ofici que nosaltres.

—Que és?

—Vendre, comprar i reparar objectes vells singulars.

—Objectes vells singulars?

—Una mica com els missatges embotellats que trobes de tant en tant a la platja —va somriure'm ella.

Vaig mirar-la fulminat. L'Aiby intentava dir-me que sabia que jo, el vespre anterior, havia trobat un missatge dins una botella i que, a més, no havia entès absolutament res? O només ho havia dit perquè n'havíem parlat?

—Escolta, Aiby... —vaig sospirar—. Jo no entenc res de res.

—I què és el que s'ha d'entendre?

Hauria volgut cridar alguna cosa, però en aquell moment en Pedaç es va posar a trotar i a bordar al nostre voltant. Arribava algú.

—Ah, ve't-lo aquí —va somriure l'Aiby Lily protegint-se la mirada amb el palmell de la mà—. És el meu pare que torna. Esperem que hagi trobat algú al poble, perquè altrament no aconseguirem obrir a temps.

Vaig mirar en la mateixa direcció. I vaig descobrir que el pare de l'Aiby era el desconegut de cabells llargs i rossos que la nit anterior havia seguit al cementiri.

ESBORRA-RECORDS PROFESSIONAL POUND

L'última vegada documentada que va emprar-se l'**ESBORRA - RECORDS PROFESSIONAL POUND** es remunta al segle XIX, quan va ser insuflat accidentalment pels narius del músic mexicà Marcelo Castellano, just a la meitat del seu apoteòsic *Concierto por los días de los muertos*, dividit en dues parts: la «Interminable» i el «Triomf». Marcelo es va oblidar que ja havia tocat la primera meitat de la peça i va començar de nou la «Interminable», en comptes del tan esperat «Triomf», fet que va suscitar la ira dels presents i, de manera particular, la del pistoler Aguero Vidal, que va fulminar-lo d'un tret.

Capítol

DEU

LA PIPA
LA LLISTA
EL VESTIT NEGRE

Finley, perdona, pots venir un moment?

Era el senyor Everett qui em cridava. Estava assegut al costat de l'entrada del seu negoci, a la butaca de vímet, on passava bona part del dia fumant una llarga pipa que, deia, venia d'Àfrica.

L'aparador del seu Viatjant Curiós donava a la plaça principal, i des d'aquella butaca ell podia tenir sota control pràcticament tota l'activitat del poble. Era un petit negoci sense pretensions, de records i petits detalls, que el senyor Everett havia obert després de jubilar-se. Abans de retirar-se a Applecross, havia estat un professor important d'una gran universitat i, per això, al poble, hi havia qui l'anomenava simplement «el professor».

Vaig aturar-me davant el rètol.

—Què puc fer per vostè, senyor Everett?

—Puc molestar-te un minut, noi?

—I tant.

—Vine a dins un moment. —Va recolzar les llargues mans sobre els genolls i es va aixecar. Semblava més torbat del normal, amb el seu elegant vestit blau.

L'interior del Viatjant Curiós feia olor de lavanda. Era bonic i endreçat, com el seu propietari. Les lleixes havien estat pintades de blanc i el sostre de blau fosc. Hi havia llibres, ninots, banderoles i bufandes amb els colors de la bandera escocesa, trols de fusta i follets amb gemmes de vidre incrustades al puny. El senyor Everett va fer dringar la campaneta sobre la porta i es va recolzar al taulell de fusta clara, mirant-me fixament als ulls.

—He sabut per mossèn Pròsper que has conegut els Lily —em va dir de cop i volta.

No m'ho esperava i vaig remugar una mitja resposta.

—No és exactament així. Només he preguntat al mossèn si en sabia alguna cosa.

—I per què t'han vingut al cap precisament ells?

—Oh... és que... —Vaig encongir-me d'espatlles. En Pedaç, que s'havia quedat fora de la botiga, va començar a gratar la porta—. No hi ha un motiu concret.

El senyor Everett va assentir, pensarós.

Capítol DEU

—Sigui com sigui, jo tenia raó. Realment han tornat a Applecross. I saps què hi han vingut a fer? —No entenia on volia anar a parar i em preguntava què podia explicar d'allò que l'Aiby m'havia dit. Però ell va tornar-hi—: Tenen una petita botiga, prop del mar. Es diu... Botiga Battibaleno.

El professor va interrompre's i va començar a polir, amb una mà, el taulell de fusta. Vaig mirar al voltant. És que potser el senyor Everett tenia por que la nova botiga li pogués prendre els seus pocs clients?

—Què vol de mi, senyor Everett? —vaig preguntar.

Ell va sobresaltar-se.

—Oh, res. És que... no t'amago que estic una mica amoïnat. Saps, vaig creuar-me amb el senyor Lily, l'altre dia... Va venir a la botiga, sí. I... —Va arronsar les espatlles—. Res. Em va semblar un personatge una mica massa estrambòtic...

Sonava una mica estrany, dit per un exprofessor universitari que s'havia retirat per obrir un negoci de records. Però estava d'acord amb ell. Sentia una mena d'esperit de companyonia, com de «nosaltres els del poble contra els desconeguts».

—Tu hi has parlat? —va preguntar-me.

—Només ens hem presentat.

—I la noieta?

—Hem creuat alguna paraula. És molt alegre.

—Ah sí, eh? I... —El senyor Everett va dubtar abans de fer-me una altra pregunta—. No t'han dit si estan buscant alguna cosa al poble?

—Si estan buscant alguna cosa al poble?

En efecte, l'Aiby s'havia referit al fet que necessitaven alguna cosa per a la inauguració, però no sabia res més concret.

Hi va haver un soroll a la rebotiga, com d'una topada violenta. El senyor Everett es va girar amb una rapidesa sorprenent i em va dir:

—Perdona un instant. —Després va desaparèixer a la rebotiga.

Uns segons de silenci i el vaig sentir feinejant amb la porta del darrere.

Mentrestant, jo vaig mirar al meu voltant. Em vaig adonar que al costat de la caixa hi havia una llista de noms. Abans que tornés, vaig tenir temps de llegir el primer, Askell, i, després, el segon, encerclat amb color vermell: Lily.

—Maleïts gats —va remugar el professor—. Només que deixis la porta mig oberta, ja es fiquen a dins.

Vaig dirigir la mirada cap a una altra banda, de manera

que no s'adonés que m'havia fixat en la seva llista de noms. Què significava? No tenia cap motiu per pensar malament del senyor Everett: era una persona reservada i de molt bona pasta. Era evident que hi havia alguna cosa que l'amoïnava de debò.

Vaig provar d'ajudar-lo, sense comprometre'm massa.

—Ara que em ve al cap..., m'han parlat d'una mena d'inauguració —vaig etzibar-li—. Serà d'aquí a una setmana, més o menys.

—També ho he sentit jo, això —va respondre el professor. Després va assenyalar amb la barbeta l'hostal dels McStay, a l'altra banda de la placeta—. M'ho va dir ahir en Rufus. Hi ha un estranger que s'hi hostatja i sembla que és per aquest motiu. A més, m'han demanat si puc anar a donar-los un cop de mà amb la traducció, perquè, pel que sembla, aquest paio només parla holandès i no vol sortir de la seva cambra.

—Pot ser que sigui un amic dels Lily?

—Podria ser. Sigui com sigui, si els tornes a veure, vés alerta.

—Senyor Everett..., m'està prevenint?

Ell no va respondre.

—Què en pensa, realment, dels Lily? —vaig insistir.

El vell professor va brandar el cap lentament.

—Què en penso? Res. Els seus avis van deixar un molt bon record al poble. Però han passat més de dos segles. I certes coses, en dos segles, tendeixen a oblidar-se.

—Quines coses?

—Res, Finley. Enraonies. Són tan sols enraonies.

Estava clar que el senyor Everett no volia parlar-ne més. Així que vaig decidir marxar, abans que en Pedaç comencés a udolar massa.

—Vés amb compte, d'acord? —va repetir el senyor Everett un instant abans que obrís la porta.

—Hi aniré —vaig assegurar-li.

Gairebé topo amb la senyoreta McCameron, la jove modista del poble. Duia un vestit negre a la mà.

—Adéu, Finley! —va saludar-me amb els seu bonic somriure tranquil. I va continuar—: Senyor Everett, li he portat el vestit negre per al funeral.

«Funeral?», vaig preguntar-me. Qui havia mort?

—Gràcies, Meb —va respondre el professor—. Ets un àngel. Hauria passat més tard a buscar-lo.

Capítol

ONZE

ALERTA DESVIACIÓ PROCESSÓ

No sabria dir si havia estat l'advertència final del senyor Everett, aquell «vés amb compte» que em ressonava al cap a cada pedalada, o les paraules que el meu pare, cada vegada que em veia vacil·lar, em repetia: «Si tens un dubte, vés-ho a investigar.» Potser el principal culpable de com em sentia aquell dia era el vent que s'havia alçat des del mar rasant fins a la costa i que pentinava les ones i inclinava els brins d'herba com fletxes, apuntant cap a terra. O, també, el fet que aquell era el meu últim dia que lliurava la correspondència, perquè l'endemà en Jules reprendria la feina. Però, fos quina en fos la raó, vaig decidir desviar llargament el meu camí cap a la casa en ruïnes.

—Escolta, Pedaç... —vaig murmurar—. Què me'n dius

si anem a tafanejar una mica per les velles ruïnes dels Lily?

Ell ho va entendre de seguida i va començar a udolar fluixet. No semblava estar-hi gaire d'acord. Però jo sabia com convence'l: li vaig donar una llaminadura d'aquelles que no li anaven gens bé, però que ell adorava, i vaig agafar-lo en braços per ficar-lo dins el sac del correu.

—Quiet, Pedaç! Estigues quiet! —vaig cridar-lo durant tota la durada del trajecte, mentre pedalava com un somnàmbul.

Era una dia tan clar que des de l'altra banda de la badia, perfilada davant el mar immòbil, podia distingir la silueta de la vella Cumai que passejava endavant i enrere, inquieta, des de la porta del molí fins a l'escullera, i tornava. El vent feia que el cabells se m'enredessin davant els ulls i em desendreçava els pensaments. Pedalar cansava el doble i les ràfegues eren tan fortes que em feien perdre l'equilibri. Vaig fer una parada i em vaig girar per mirar al lluny les ruïnes de pedra, que emergien com una dent corcada per la densa vegetació.

Em produïa un efecte estrany considerar-lo «el castell dels Lily», ja que, fins pocs dies abans, havia estat una simple casa enderrocada, escenari d'alguna estúpida història de fantasmes. Al vespre, de vegades, es podien veure els fars de l'automòbil d'alguna parelleta que s'apropava a aquella part cercant una mica de tranquil·litat, o el d'uns amics que buscaven un ensurt dels grossos. En Doug m'havia dit que no anés allà dalt quan veiés cotxes, però mai no havia entès el perquè. Tan sols sabia que era millor no fer-ho, i, a banda de la vegada que hi havia anat precisament amb en Doug, que m'hi havia portat el dia que havia arribat el nou tractor, no era un lloc que freqüentés.

Però ara era diferent. Era com si aquelles parets enderrocades em cridessin. Com si part del misteri que m'havia fabricat al cap amb l'arribada de l'Aiby pogués trobar una solució allà.

Quan l'Aiby va presentar-me el seu pare, no és que parléssim pròpiament. Ell, altíssim i amb els cabells rossos que li queien sobre el rostre, m'havia dedicat el temps d'un mig somriure. Tenia els ulls grossos i blavíssims i la barba descuidada de qui té poc temps per ocupar-se'n. Ni tan sols em va estrènyer la mà; havia fet només un simple gest amb el palmell obert. Vaig notar que duia una clau estranya penjada al coll, sobre l'empunyadura de la qual, ho hauria jurat, hi havia un escarabat. Un insecte que havia vist una vegada en una pel·lícula sobre mòmies, en mans d'un antic sacerdot egipci.

Aquell pensament, certament, no em va reconfortar,

però tampoc no em vaig espantar per allò: no hi havia cap motiu.

Vaig tornar a pedalar. Amb el pas dels anys, el carrer que duia al castell havia desaparegut. Per arribar a les ruïnes calia travessar el pontarró que passava sobre Calghorn dinn, deixar a la dreta la granja dels Dogberry i seguir el camí enclotat que, entre mil forats fangosos, portava a redós de les ruïnes. Com a alternativa, just després de la granja, podies endinsar-te en l'espessor del bosc i seguir un rastre que arribava a les ruïnes per la banda oposada. La primera via d'accés era llarga i còmoda, però segur que algú de les granges veïnes m'hauria vist. L'altra era més incòmoda, però tenia l'avantatge de l'anonimat.

Vaig travessar el pont sobre el torrent i per a gran sorpresa meva vaig haver-me d'aturar al costat del carrer per deixar passar no un, sinó ben bé dos cotxes en filera, que avançaven sotraguejant pel terreny tortuós. El segon va dirigir-me un breu toc de botzina. Dubtant, vaig fer un gest de salutació.

No era pas habitual trobar-se un automòbil pel camp. Trobar-ne dos era molt més que una excepció.

Prosseguint endavant, em vaig adonar que els dos cotxes havien sortit de Dogberry. Hi havia una certa agitació.

Capítol ONZE

Els gossos lligats amb cadenes bordaven com bojos, i, a banda dels dos que acabaven d'arribar, hi havia tres vehicles més.

—Males notícies, Pedaç... —vaig murmurar baixant de la bici i observant encuriosit les persones reunides a la granja. Després vaig reconèixer el cotxe atrotinat d'en Marty, l'enterramorts, i, a continuació, vaig sentir la veu greu de mossèn Pròsper, que arribava amb claredat fins al límit del bosc.

Vaig senyar-me ràpidament. Vet aquí qui havia mort: el senyor Dogberry.

—Pobrissó... —vaig murmurar, amagant la bicicleta a la corba del carrer, entre l'espessor de l'herba i deixant sortir en Pedaç.

Vam endinsar-nos entre la vegetació, en direcció a les ruïnes, sense fer cas de tot el que estava passant al nostre voltant. Que les persones morissin era força normal, a Applecross. Com a totes bandes, em penso. De morts, no n'havia vist mai cap de prop i per això no sabia si tenien la pell grisa, com deia en Doug, però, una vegada, havia vist carregar al cotxe un fèretre buit, obert, per a la senyora Sommerwell.

Les branques m'esgarrapaven la cara i, una vegada i una altra, em demanava si hauria hagut de dir una pregària pel senyor Dogberry, i si era així, quina. Vaig esbossar-ne un parell, abans d'arribar al castell.

Mai no vaig pensar a preguntar-me com havia mort el senyor Dogberry i per què.

I, encara menys, qui el podia haver mort.

Capítol
DOTZE

L'ARCADA
LA CUINA NEGRA
L'ESCALA DELS BOJOS

Bé, Pedaç. Bé —vaig xiuxiuejar darrere els matolls.

Quan hi havia vingut amb en Doug, havíem arribat amb el tractor per la banda oposada i el castell esfondrat dels Lily m'havia semblat molt menys aterridor. Arribant pel bosc, en canvi, que es trobava més baix respecte al vell edifici, resultava imponent. Vam arribar davant un mur escabrós, del qual només quedava dempeus una arcada, coberta per un embull d'heura enfiladissa. En mirar a dins, s'entreveia un prat silvestre, que havia crescut on temps enrere devia haver-hi el paviment; una llarga estança buida, gris i trista, amb el sostre de fusta ara fet miques. Sobre l'arcada, un ganxo de ferro forjat xerricava lentament al vent. Potser temps enrere havia estat una ensenya, un escut o un penell, però ara el seu lament era realment esfereïdor.

Tenia la impressió que els insectes del bosc s'estaven prudentment a distància del vell mur.

—Cap aranya. I cap teranyina... —vaig murmurar—. Realment estrany.

En Pedaç va remenar la cua. Vaig fer el cor fort, vaig córrer la cortina d'heura enfiladissa i vaig travessar-la.

—Aquí, Pedaç. Anem!

No estava buscant res de particular i, tanmateix, em feia la sensació que tenia una idea clara d'on volia anar a parar. Passada l'estança, vaig travessar una segona arcada i vaig trobar-me de nou a l'exterior, en una eixida envaïda per les ruïnes. A un costat hi havia una muntanya de maons apilats, els fonaments d'un edifici i un caminet que probablement s'unia amb el carrer enclotat que conduïa a les granges. A la banda oposada hi havia les restes d'una casa de dues plantes, la meitat de la qual s'havia ensorrat desastrosament. Les bigues del sostre despuntaven com bocins i em recordaven els ossos de conill quan es fa a trossos per cuinar-lo amb herbes. Allà on havia sobreviscut una traça d'arrebossat, hi havia coses escrites: noms de persones, cors, cremades fetes amb foc. Les coses habituals que els nois de tot el món escriuen als murs quan poden apropar-se a una casa abandonada. Les finestres de la planta baixa estaven arrencades, les del pis de dalt, barrades amb tanques improvisades. Més que aterridor, era un espectacle depriment.

Vam apropar-nos amb cautela a l'única porta oberta, de la qual no quedava res més que les frontisses encastades a la paret. Sobre el llindar s'havia format un estrat de terra i falgueres baixes, que m'arribaven al genoll. Vaig entrar-hi.

Feia fred, dins el castell. I era un fred de l'ànima. La llum del dia s'expandia tot al voltant, filtrant-se per les esquerdes del mur, pel sostre esfondrat i per les finestres obertes, però era una llum que no escalfava.

—La cuina —vaig dir en reconèixer les restes d'una pica de pedra, els ganxos suspesos a la paret i les marques d'on temps enrere devien haver estat les cassoles de coure. Vaig avançar entre les falgueres amb compte i vaig anar a parar a un passadís estret amb el terra de fusta. Cruixia terriblement, i, a cada passa que feia, tenia por que s'esfondrés sota els meus peus. No volia trobar-me amb una cama trencada en algun celler subterrani. Vaig imaginar-me esquelets, cadenes i ratpenats, i vaig maleir en silenci les pel·lícules de terror que havia vist a la televisió—. Només és una vella casa abandonada... —vaig dir-me—. Només una vella casa abandonada.

I, llavors, què hi feia jo allà dins? No hauria estat millor anar directament a trobar l'Aiby i parlar amb ella? O potser em feia por que, com les altres dues vegades que ens havíem trobat, m'hagués deixat al final del promontori amb més preguntes que les que tenia en arribar?

Vaig buscar en Pedaç per confortar-me, però ell s'havia quedat a la cuina, i tan sols veia la seva cua dreta que voltava entre les falgueres com un periscopi. Vaig xiular-li i va venir al meu costat en un instant.

Era un confort més que suficient per continuar amb la meva exploració. Es refiava de mi almenys tant com jo d'ell.

L'estança següent devia haver estat una gran sala. Un arbre havia crescut a una cantonada, perforant el sostre a través d'una esquerda, i els gegantins matolls de baies salvatges obstruïen part de la sala. Les parets, però, encara mostraven alguns trossos de paper pintat, devorats per la humitat. Vaig desenganxar-ne una tira, que em va quedar a la mà com una fulla morta. Estava decorada amb un motiu geomètric i floral: rombes enmig dels quals hi havia alguns insectes: abelles, escorpins, grills i escarabats.

Vaig tornar a pensar en la clau que el pare de la Lily

duia penjada al coll i vaig decidir que, si encara necessitava alguna prova del fet que temps enrere aquella havia estat la casa dels Lily, l'havia trobada.

—Hi ha escarabats, Pedaç —vaig dir satisfet.

Una gran llar de foc de pedra dominava el costat allargat de la sala. En apropar-m'hi, vaig adonar-me amb sorpresa que algú l'havia emprada feia poc: potser algun noi ben valent?

Pel meu pare, sabia que, anys abans, aquelles ruïnes les havien utilitzat els nois del poble per a una mena d'iniciació. Per demostrar que ja eres gran, calia entrar al castell i fer alguna cosa en particular, com endur-se algun objecte, obrir una de les finestres de la primera planta, o, potser, passar una nit fent bivac. Entre nosaltres, aquell ritual ja no es portava, i em preguntava si els amics d'en Doug encara ho havien fet. Però vaig decidir que em quedaria amb el dubte.

Fos qui fos qui havia passat allà la nit al ras, havia dibuixat amb el carbó una forma estranya sobre la campana de la llar de foc: una mena de piràmide flamejant. Em va recordar alguna altra cosa no gaire més precisa que em semblava haver vist a la col·lecció de discos del meu amic Jack. En Jack conservava els vells discos de vinil que li havia passat el seu pare, un d'aquells que havien tocat la guitarra de debò, a Londres, cap als anys setanta. Vaig mirar de memoritzar el dibuix per parlar-n'hi i vaig lamentar no dur amb mi paper i bolígraf per reproduir-lo.

Vaig inclinar-me per observar les restes del foc i vaig admetre que, en realitat, pel que jo en sabia, podien ser allà ben bé des de feia més de dos dies. Podien ser allà des de feia vint anys. Mentre hi rumiava, vaig sentir clarament un soroll de passes al pis de dalt. En Pedaç va sortit disparat cap a l'altra sala.

—PEDAÇ! —vaig cridar.

Vaig tornar-me a aixecar per seguir-lo i, amb la campana de la llar de foc, em vaig donar un cop fortíssim al clatell: vaig quedar gairebé estabornit.

—Merda, Pedaç! Vine aquí! —vaig cridar una segona vegada, mentre el cor em feia un salt.

En Pedaç bordava furiós.

Emboirat pel cop i per l'ensurt, feia tombs darrere el meu gos i vaig entrar a una tercera sala, encara més buida i freda que l'anterior.

En Pedaç estava aturat a la base de l'escala. Tenia una poteta recolzada sobre el primer graó i no semblava que tingués cap intenció de sortir d'allà. Bordava, això sí, i el timbre del seu advertiment ressonava per tota la casa i m'eixordava.

Capítol
DOTZE

Al nostre voltant hi havia l'habitual garbuix de vegetació i runes. L'escala era poc més que un esquelet de fusta, amb grans forats al lloc de bona part dels graons.

Vaig apropar-me a en Pedaç i vaig ajupir-me per calmar-lo. Quan vaig tocar-li el pèl, va saltar com si li hagués passat el corrent.

—Prou, aquí, no... no hi ha ningú! —vaig dir-li, tot i que ni tan sols jo n'estava convençut—. Ha estat un animal. Només un animal... Potser hi ha un teixó, allà dalt... —Vaig mirar d'acaronar-lo, però ell va començar a grunyir—. O, potser, un liró. Un liró és el més probable. El pare em va dir que, una vegada que entren a casa, és dificilíssim fer-los fora!

A poc a poc, amoixat com cal, en Pedaç es va calmar i el mateix em va passar a mi. Vaig acaronar-lo lentament i vaig decidir que ja n'havia tingut prou d'aquell lloc. Però, quan el silenci va tornar, encara va ser pitjor. El vent feia cruixir cada branca, grinyolar les bigues i xiulava al nostre voltant a cada passa.

—Només era un animal, Pedaç. Qui vols que hi visqui, aquí dins? —vaig xiuxiuejar-li, esperant no equivocar-me.

Vaig pujar el primer graó mirant cap amunt al llarg de l'escala de fusta. Allà el vent feia un soroll estrany, com el que fan els caçadors de somnis. Era un lent tentinejar de trossets de vidre. Petits trossets que xocaven amb altres trossets.

Vaig tenir la temptació de pujar un segon graó, però vaig estar-me'n quan vaig veure què havia succeït al sostre i a les parets de l'escala. A partir del primer tram de graons i, després, més amunt, fins a dalt de tot, hi havia milers d'escrits en un alfabet desconegut i dibuixos diabòlics, aterridors, formats per un embolic de cercles, piràmides, fletxes, forques i figures geomètriques.

No vaig aconseguir desxifrar ni una sola lletra d'aquella escriptura incomprensible, però, tot just posar els ulls sobre les lletres, vaig notar que tremolaven, com minúsculs cucs atrapats sota l'arrebossat de la paret, i que es movien responent a la meva mirada, o això em va semblar a mi. Giraven sobre ells mateixos i van començar a canviar de forma i a esdevenir, a poc a poc, les lletres habituals que coneixia.

—Oh, Déu meu —vaig murmurar.

I, mentre aquella formiguejant paret d'escrits prenia vida davant meu, vaig tenir la sensació d'entreveure alguna altra cosa al capdamunt de l'escala: el fragment d'un mirall, en el qual vaig veure que es reflectia l'ombra d'un home al pis de dalt de l'escala. I em va semblar que altra vegada, sobre meu, sentia soroll de passes.

Capítol DOTZE

—TOQUEM EL DOS! —vaig cridar a en Pedaç, agafant-lo a coll.

Vaig escapar.

La casa dels Lily va fer l'efecte de comprimir-se, com si estigués respirant. Els murs de la sala van inclinar-se com si en Pedaç i jo ens trobéssim a la panxa d'un vaixell i, en travessar la cuina, vaig sentir que un lament profund sortia de les canonades d'aigua. Quan finalment vam sortir a fora, ensopegant amb les runes, vaig notar com un esclat del sostre, i, tan bon punt vaig alçar la mirada cap a la casa, vaig veure un estol d'ocells negres que alçava el vol.

—ANEM-NOS-EN! —vaig cridar una segona vegada, esforçant-me el doble per escapar. Vaig ensopegar, en Pedaç va saltar dels meus braços i vaig caure violentament a terra. Vaig colpejar-me amb alguna cosa dura, però vaig ignorar el dolor i em vaig aixecar, sense deixar de córrer. Vaig tenir el temps just per comprovar que en Pedaç era amb mi i, quan em vaig adonar que escapava deu passes endavant, vaig seguir-lo.

Vam tornar a passar sota l'arcada, travessant la cortina d'heura, i vam córrer de nou pel camí del bosc, sense aturar-nos, saltant les branques amb una agilitat que no pensava que tenia, amb l'adrenalina que em tapava les orelles. Després, a poc a poc, la por es va transformar en una rialla nerviosa i, encara, en una riallada més calmada que em sortia a raig dels llavis. Em vaig aturar a agafar aire només quan vaig veure que la bicicleta d'en Jules llampeguejava entre els arbres i vaig comprendre que havia tornat al carrer.

Al món dels vius.

—Ostres, Pedaç! Quin ensurt! —vaig riure, respirant cansat—. Però què ha passat, eh? Tu ho has entès, què ha passat?

Vam franquejar els últims matolls d'herba, mentre tornava a pensar en totes les sensacions horribles que havia experimentat entre aquelles ruïnes. Vaig recordar la sensació que la casa respirava, les parets es movien, el terra oscil·lava... i vaig mirar de convence'm que tot havien estat imaginacions provocades per la suggestió.

—Ximpleries, tot —vaig dir-me—. Quines coses pot fer la imaginació! Hi he caigut de quatre potes... —I en Pedaç també hi havia caigut, vaig decidir, tot i que diuen que els animals no tenen imaginació—. Pel que fa a mi, a aquella casa, no hi torno ni mort... —vaig continuar, però vaig aturar-me en sec—. Aiby? —vaig preguntar incrèdul—. Què hi fas aquí?

L'Aiby era deu passes davant nostre. Ens donava l'esquena i mirava la bicicleta d'en Jules. Anava descalça. Duia un vestidet de cotó de ratlles verdes, grogues, violetes i vermelles, que li arribava fins a sobre el genoll.

—Finley! —va exclamar—. On t'havies ficat?

—Què vols dir, on m'havia ficat? —vaig preguntar, astorat.

L'Aiby va agitar el llarg bastó corbat que tenia a la mà, alt si fa no fa com ella, i en Pedaç va córrer a trobar-la per fer-li festes.

—No tinc temps d'explicar-t'ho! Dóna'm la mà!

Estava espantada, vaig notar-ho. Encara més espantada que nosaltres.

—Et necessito! —va continuar—. Dóna'm la mà! De pressa!

I jo l'hi vaig donar.

Capítol
TRETZE

EL BASTÓ DE VIATGE
EL *GLOM*
L'ASSASSÍ DE MAGS

L'Aiby va picar a terra amb el bastó i va xiuxiuejar:

Un instant després ens trobàvem davant la casa vermella d'Eggstone. Ella, jo i en Pedaç, que, en el moment en què l'Aiby havia picat amb el bastó a terra, ens havia saltat sota els peus.

Vaig obrir la boca, astorat, però l'Aiby no em va deixar temps de fer preguntes.

—Cap aquí, de pressa! —va dir i em va arrossegar cap al costat de la casa que donava al mar. Un cop allà, vaig veure el seu pare arrambat a la cantonada entre la casa i l'escullera, amb les mans alçades, com un boxador, la cara ensangonada i amb una expressió de terror.

—Per fi! —va cridar, tan bon punt ens va veure aparèixer.

Davant el senyor Locan Lily, voleiava un espasa. Surava a un metre i mig de terra, la punta estava dirigida de cara a l'home, girant amenaçadorament en el buit sense que ningú l'empunyés. Tenia la fulla llarga i plana, el tall horriblement serrat. L'empunyadura era de ferro, sense ornaments, a banda d'una pedra dura encastada a la punta. Si el senyor Lily es girava de costat, l'espasa enfonsava el cop; si ell avançava, l'espasa l'encalçava contra la cantonada.

Vaig mirar l'Aiby cercant una explicació.

—És culpa meva! L'he alliberada per error —va dir la noia, realment preocupada.

—Alliberada? —vaig preguntar.

—És una Assassina de Mags de Dijon, del segle XIII —va explicar l'Aiby—. M'ha fugit de la beina mentre l'enllustrava i, tot seguit, ha apuntat el meu pare. És un miracle que encara estigui viu.

—Però no per gaire temps! —va gemegar el senyor Lily, esquivant una altra envestida—. Moveu-vos, de pressa!

Capítol

TRETZE

Potser vaig aconseguir batre les parpelles, però ho dubto.

—Assassina de Mags?

—Una espasa màgica... Et sona millor, dit així? —va agitar-se l'Aiby.

—Llavors el teu pare és mag?

—Podem pensar-hi després, si us plau? —va xisclar el senyor Lily.

L'Aiby va fer alguna passa intentant de fer-me avançar a mi també.

—No és un mag, ni jo tampoc no ho sóc, però aquesta espasa és màgica. Ho és realment —va dir—. I l'única manera d'aturar-la és que l'empunyi un home.

Va assenyalar-me. Jo estava atònit.

—I haig de ser jo? Però... però... però... per què jo?

—Ets l'únic home que conec —va respondre la noieta, implorant—. Si pogués, ho faria jo!

L'espasa va fer un moviment de sageta en l'aire, i va anar de poc que no ferís una cama del senyor Lily.

—Aaaaiii! —va exclamar ell, saltant de costat a l'últim segon—. Atureu-la!

—Finley! —va suplicar-me l'Aiby—. Ets la nostra única possibilitat d'aturar-la. No hi ha cap altra manera, segons el que està escrit al *Glom*.

—I què dimonis és el *Glom*? —vaig preguntar esveradíssim.

—El *Gran llibre dels objectes màgics*—va respondre ella—. Recordes allò que estava llegint l'altre dia quan vas venir a la botiga?

Vaig intentar-ho. No. Tot era confús. Vaig brandar el cap i l'Aiby es va posar les mans a la cara.

—I tant que no pots! Devia usar l'esborra-records Professional Pound.

—Que què?

El senyor Lily bramà:

—Si us plau, noi! Fes el que et diu la meva filla!

L'Aiby em va donar una altra petita empenta cap endavant i jo vaig trobar-me a menys de tres passes de l'espasa màgica, murmurant:

—Jo... jo... no entenc... què està passant... L'altra nit vaig veure'l, sap, senyor Lily, al carrer, amb el ram de flors... i després... i després...

L'espasa va fer un moviment ràpid, de fletxa.

—Ho sé, noi! Ho sé! —va exclamar ell, alarmat—. Pot semblar-te tot una mica estrany, però... t'asseguro que hi ha una explicació. I ara, si no et saaaap greu...

—Els seus pantalons, senyor Lily... —vaig continuar murmurant, mentre m'apropava una passa més a l'espasa.

Capítol TRETZE

Em feia molta por que, d'un moment a l'altre, es girés cap a mi.

—Eren els meus Pantalons de Pur Fil d'Escòcia! —va gemegar en Locan Lily, enclastat a l'angle de l'escullera—. I, si vols saber-ho, vaig anar a provar un flascó sense importància de Mort que Parla. Invenció del comte de Cagliostro, Pólvores del Vesuvi, mitjan segle XVIII. I ara, si et plau, vols fer el favor de treure del mig aquesta Assassina de Mags?

Vaig fer una altra mitja passa. Ara tenia l'espasa a l'abast de la mà. Oscil·lava aterridorament en l'aire, com si fos viva.

—Només he... d'agafar-la? —vaig preguntar.

—Només agafar-la —va confirmar l'Aiby, a la meva esquena—. No hi ha perill.

I, llavors, com és que ella s'estava a tanta distància?

—No és tan fàcil —vaig dir, provant de seguir el moviment de l'espasa amb el cos. I d'ignorar el cor que m'anava a mil.

—Coratge, Finley... —va xiuxiuejar-me l'Aiby. Podia sentir el seu perfum en l'aire.

«L'espasa. L'espasa. Agafa l'espasa. Agafa l'espasa.»

Vaig tancar els ulls. Mai no tindria el coratge.

Després vaig sentir la veu de l'Aiby.

—L'altre dia, quan eres a punt d'entrar a la botiga, Finley, et vaig preguntar una cosa.

El meu cor va rebre un ensurt. Vaig tornar a obrir els ulls. L'espasa es gronxava a poca distància de les meves mans. Podia sentir el moviment de l'aire.

—Et vaig preguntar si tenies por de mi —va continuar l'Aiby—. I saps què vas respondre'm?

Vaig fer que no amb el cap, els ulls clavats a la punta de l'espasa.

—No, no ho sé.

—Vas respondre que no en tenies. I és per això que he vingut a buscar-te. Necessito algú sense por que aconsegueixi aturar aquesta espasa.

«Algú sense por. És clar.»

«I que, després, no recordi res.»

«Ànims, Finley.»

Vaig saltar cap endavant.

Els meus dits es van tancar sobre l'empunyadura. Vaig sentir la fredor del metall entre els dits. Vaig estrènyer-la.

Al principi vaig tenir la impressió d'aferrar una corda viva, com aquella que s'estén durant la competició de tir de soga a mitjan estiu, però, tan aviat com els meus dits es van tancar, l'espasa es va buidar de cop de tota l'energia i va caure a terra de manera pesant.

Capítol
TRETZE

—No la deixis anar! —va cridar-me el senyor Lily, mentre corria a trobar-me.

Va treure-me-la de les mans sense cap mirament i, tan bon punt la va tenir agafada, va empènyer-me, fent-me rodolar per terra. Després, sense dir ni una paraula, es va dirigir furiós cap a la casa vermella. Vaig sentir que ho maleïa tot: l'espasa, la distracció de l'Aiby i l'Assassina de Mags. Quan va tancar la porta, no es va sentir res més.

L'Aiby va ajudar-me a posar-me dret.

—No l'hi tinguis en compte, Finley. Està realment molt enrabiat. Gràcies pel que has fet.

Jo vaig mirar de fer-me el fort. Vaig espolsar-me la samarreta i vaig dir, com si fos el protagonista d'alguna pel·lícula de sèrie B:

—Saps, Aiby? Arribats a aquest punt crec que hauríem de parlar, tu i jo.

Ella va assentir, preocupada. Va llançar una mirada a la casa vermella i va respondre'm:

—Però no aquí, si us plau.

Per mi ja estava bé.

—Demà —vaig proposar, molt calmat—. Al rierol, a la meva platja secreta. Vinc a buscar-te o apareixeràs tu directament del no-res?

Ella va captar la indirecta i em va mostrar el bastó amb el qual ens havia portat fins allà.

—Tan sols funciona per arribar a llocs o objectes sobre els quals he marcat un Senyal de Viatge.

No vaig fingir que ho havia entès. I encara menys de voler-ho entendre. Amb la fugida del castell i l'espasa Assassina de Mags ja en tenia prou, com a enigmes del dia.

Vam acordar veure'ns al molí a les tres. Volia ser jo qui escollís el lloc de la trobada.

—I res de jocs —vaig afegir—. Res de pocions esborra-records o altres porqueries, m'ho promets?

—T'ho prometo.

—I res de mentides. Si vols que no tingui por de tu, Aiby, m'has de dir les coses tal com són, d'acord?

La noia va assentir.

—Mai no t'he dit cap mentida —em va xiuxiuejar.

—Explicar-me la veritat i, després, fer-me-la oblidar és com dir-me una mentida.

Ella es va posar vermella, o potser va ser tan sols un reflex de la llum que va rebotar sobre les parets vermelles de la Botiga Battibaleno.

Em vaig adonar que s'havien oblidat una escala davant de l'entrada, sobre la qual algú estava posant un rètol.

Vam acomiadar-nos. L'Aiby va córrer amb el seu pare.

EL BASTÓ
de
VIATGE

El **Bastó de Viatge**, o el Bastó de la Maièutica, està fabricat a partir d'un tros de fusta intel·ligent d'Auró Ubiqüitari. Segons les seves dimensions, permet memoritzar entre tres i onze Senyals de Viatge diferents, als quals es pot aparèixer després instantàniament tot picant el bastó a terra mentre es pronuncia el nom del lloc.

Quan es memoritza un Senyal de Viatge que excedeix el nombre permès, el més antic queda esborrat.

—Una última cosa! —vaig cridar-li abans que desaparegués.

Va aturar-se al llindar per mirar-me.

—Aquella cosa del coratge, que no tenia por de tu... ho vaig dir realment?

L'Aiby em mirava, amb els ulls verds fixats dins els meus, i no em responia.

Vaig sospirar.

—D'acord, ho he entès. Ja ens veurem demà.

Capítol CATORZE

ELS DUBTES
LA PREGUNTA
LA SOLUCIÓ

M'havia recolzat tot jo a la paret de l'habitació, per mirar de comprendre alguna cosa d'aquells últims dos dies. A una cara del full havia escrit *Lily*, i a sota:

Aranya reparabicicletes
Assassina de Mags, Dijon, segle XIII
Mort que Parla, Cagliostro, segle XVIII
Pantalons de Pur Fil d'Escòcia que Caminen Sols
Bastó i Senyal de Viatge
Esborra-records Professional Pound
Glom (Gran llibre dels objectes màgics)

A l'altra havia escrit *sense explicació*:

Inauguració
El bosc que creix sobre el promontori
La gavina que parla
El vell castell dels Lily
La llista de noms del senyor Everett
L'hoste holandès dels McStay.
L'endevinalla de l'ampolla.

I més avall havia escrit l'endevinalla sencera.

Em vaig quedar rumiant sobre totes aquelles rareses fins que va ser l'hora de sopar, recordant com, tan sols una setmana abans, m'havia lamentat que la meva vida a Applecross era massa avorrida. Em vaig concentrar de manera especial en l'endevinalla de l'ampolla, tot caminant per l'habitació en un desesperat intent que se m'acudís una idea, mentre en Pedaç buscava sense èxit una posició en la qual pogués tenir-me sota control i no fos atropellat.

«Pensa, Finley, pensa.»

Els quatre homes. Després la dona. Ells corren. Ella, no. Però arriben tots junts. Ells, molls. Ella, no. Vaig mirar de buscar una relació entre els Pantalons de Pur Fil d'Escòcia del pare de l'Aiby i la pregunta de l'ampolla, però no vaig aconseguir comprendre què tenia a veure aquella historieta amb els colors de la seva roba.

Capítol
CATORZE

I tornava a començar de nou.

En un dels estranys moments en els quals no caminava endavant i enrere, vaig sentir que els meus pares conversaven, a sota, sobre el sopar i les novetats de la jornada. Res de particularment excitant: una ovella dels Corman s'havia escapat i, com ja havia deduït jo tot sol, el vell senyor Dogberry havia mort mentre dormia.

—Pel que fa a la resta —va dir el meu pare—, cap novetat.

Vaig llançar-me al llit, enfonsant el cap en el coixí: si m'ho hagués imaginat!

—Ah, no —va tornar-hi el pare des de la cuina—. En realitat sí que ha succeït una cosa...

No vaig tenir temps de sentir res més perquè en Doug va entrar a la meva habitació.

—Escolta, germanet... —va cridar, recolzant-se al meu llit com si ell fos un submarí i jo una nau que calia atacar. Va aturar-se a vint mil·límetres del meu nas—. Vinga. Dispara. Buida el pap.

Ho hauria fet de bona gana, per tal de treure-me'l de sobre, si hagués sabut què és el que volia.

—Benvingut a la meva habitació, Doug. Has oblidat com es fa per picar a la porta? —vaig fer-li broma, per guanyar temps.

Ell va inclinar el cap a un costat i va recolzar una mà a la meva cama. Pesava com un roc.

—Nos facis broma, va. Sé perfectament per què t'has tancat aquí.

—Ah, sí? —Mentrestant, vaig mirar de reüll el full on hi havia els meus apunts enganxats a la paret—. T'estàs tornant més intel·ligent cada dia, Doug.

Va aixecar-se de cop del llit i el contracop del matalàs gairebé em va fer caure.

—Llavors, deixa que provi d'endevinar-ho: Violet?

Me'l vaig mirar, alleugerit.

—Helena? Laureen?

El vaig aturar.

—Doug? Es pot saber de què estàs parlant?

Ell va encreuar els braços sobre el pit.

—Vinga, Finley. Confessa.

—Què, Doug? —vaig sospirar—. He faltat setanta-un dies a l'escola i m'han suspès! T'he pispat la Victory d'altura i l'he amagada en un tronc buidat allà al torrent i, sí, he estat jo qui s'ha acabat totes les tres capses de Xocolata Xip que hi havia al rebost. Hi ha alguna altra cosa que t'hagi de confessar?

En Doug em va immobilitzar sobre el llit. Era terriblement ràpid i terriblement fort.

Capítol
CATORZE

—Maleït mocós! —va riure sarcàsticament—. Ho sé prou bé que me l'has pispada tu, la canya de pescar, però no és això el que vull saber!

Em faltava l'aire.

—Suau, Doug! Així m'ofego!

Vaig provar de donar-li una coça, però era com agafar de genolls l'àncora d'un pesquer.

—M'és igual que t'ofeguis, Escurçó! —va continuar ell—. O em dius el nom de la noia nova que ha arribat al poble o t'escanyo de veritat.

Llavors era el que temia. Volia esbrinar alguna cosa sobre l'Aiby. I ell com s'ho havia fet per assabentar-se'n?

El meu germà em va empènyer encara més al fons del matalàs i va continuar:

—L'hem trobada a la cooperativa, estava comprant tots els esparadraps disponibles. Benes i esparadraps. I, llavors, el pare li ha demanat si anava tot bé... i jo l'he mirada millor... Ostres, és una monada, Finley. Una autèntica monada. Quants anys té? Ho saps? En té catorze? Setze? T'ho ha dit?

Jo vaig fer desesperadament un senyal de no amb el cap, però ell va insistir:

—Doncs jo crec que t'ho ha dit. I saps per què?

Jo vaig esbatanar els ulls, esperant que m'ho digués ell.

—Perquè m'ha reconegut i m'ha preguntat: «Tu ets en Doug, oi?» Doug. Ha dit el meu nom. I, després, ha afegit: «En Finley m'ha parlat molt de tu.»

Però no era veritat, vaig provar de barbotejar, aconseguint tan sols d'emetre algunes síl·labes ofegades. No li havia dit ni una sola paraula sobre en Doug, ni sobre el meu pare o la meva família!

En Doug em va sacsejar i jo vaig aprofitar-ho per agafar aire.

—Què li has dit de mi, germanet? Que sóc el millor jugador de rugbi dels Highlands? I que al setembre faré una prova per als Glasgow Warriors? Li has dit, això?

A cada pregunta em sotragava, i a cada sotrac ho entenia menys. Vaig decidir rendir-me i vaig murmurar-li una resposta. Ell va afluixar.

—Repeteix-ho —va dir, apropant molt l'orella als meus llavis.

—Wi-Wilma —vaig murmurar—. Es diu Wilma.

Els ulls d'en Doug van brillar.

—Sí —va mormolar, deixant-me anar—. Wilma. És un nom perfecte per a ella. —Va mirar al seu voltant, tot cofoi—. Però, pots comptar, Wilma. Gairebé ho hauria pogut endevinar tot sol.

Mentre en Doug donava voltes decidit per l'habitació,

vaig estirar-me al llit i vaig fer-me massatges al coll perquè el tenia adolorit.

—Ets realment un animal, Doug. Podries haver-me escanyat.

—Au, va, bleda assolellada! —va respondre'm. Va apropar-se als meus apunts i els va mirar, evidentment sense llegir-los—. I això què és? Els deures per a les vacances? —Va fer una mitja rialla i se'n va anar per la porta—. Ens criden per anar a sopar. Mou-te!

Vaig deixar-me caure al llit, encara enrabiat. En Pedaç, en canvi, va respondre a la invitació i va saltar feliç escales avall.

—I, per cert, són negres —va afegir en Doug.

Vaig mirar-lo.

—Com?

Ell va assenyalar amb la barbeta l'endevinalla de la botella i va dir:

—Els vestits d'aquells paios. Són negres.

Vaig batre les parpelles.

—I tu com ho saps?

—És una ximpleria, Escurçó! —va riure—. No ho has entès? Són en un funeral. La dona és morta i els quatre homes són els enterramorts que porten el fèretre. Ells es posen a córrer quan comença a ploure.

Vaig obrir la boca, aclaparat per l'evidència.

—I arriben tots junts... Ells xops i ella, no, perquè ella és dins el fèretre...

Va apuntar-me amb els dits, formant una pistola imaginària, i va disparar.

—Wilma —va somriure, abans de baixar al pis de sota.

I em va deixar allà, mirant els meus apunts, més trastornat que abans.

Capítol
QUINZE

A SOLES A LES TRES ENTRE SET

L'Aiby va arribar puntual, a les tres, pel carrer del Promontori.

Vam deixar endarrere el vell molí i vam baixar als bassals de Calghorn. Vam arribar en silenci fins a l'alzina de la calavera, després vam agafar el camí de l'esquerra que ens va portar de dret a la meva caleta blanca, on finalment li vaig fer un senyal que podia seure.

—I, així, aquest és el teu reialme —em va dir ella.

—Exacte.

Vaig somriure-li i vaig acomodar-me a terra, al costat de la font d'aigua cristal·lina.

—És bonic, això.

—Gràcies.

Ella no en tenia ni idea, de com n'era de bonica, allà.

Duia unes mitges llargues de color i una faldilla asimètrica, que semblava feta de draps. Al coll hi duia tres collarets diferents.

Encara no havíem intercanviat ni una sola paraula i la timidesa entre nosaltres era evident. Només en Pedaç semblava estar realment còmode i passava de l'un a l'altra perquè l'acaronéssim.

—Per on vols que comenci? —va preguntar-me l'Aiby, veient que jo no li feia preguntes.

—Diria que per l'espasa voladora —vaig respondre-li. I vaig afegir—: Com està el teu pare?

—Només té alguna esgarrinxada. Més que res, està ferit en el seu orgull.

—No li passa a tothom això de ser atacat per una espasa voladora —vaig assentir—. Sempre que allò que vaig veure fos... real.

—Escolta, Finley... —va sospirar l'Aiby—. Crec que et dec algunes explicacions.

—És per això que som aquí, no creus?

—El cas és que... si el meu pare sap que te n'he parlat...

—No ho sabrà.

—No sé ni per on començar.

El bosc murmurava fluixet al nostre voltant: una densa xerrameca d'insectes i el córrer de l'aigua entre les pedres.

Capítol
QUINZE

—Què ets? —vaig preguntar-li—. Una criatura encantada? Una extraterrestre?

Sense voler, l'Aiby va somriure.

—Res de tot això.

Vaig encreuar els braços i ella va prosseguir:

—Et vaig dir que l'ocupació de la nostra família, la Botiga de Battibaleno, té a veure amb objectes vells singulars. Però això no és del tot cert.

—M'ho imaginava.

—La veritat és que nosaltres... ens ocupem d'objectes màgics.

—Us ocupeu d'objectes màgics —vaig repetir.

—Exacte. Des de sempre, a la Botiga Battibaleno es compren, es venen i es reparen objectes màgics i els seus accessoris. Objectes màgics... de veritat.

Vaig obrir els ulls com plats.

—Els objectes màgics existeixen. O, millor, existien, perquè ara són material de col·leccionista. Però han existit sempre, tot i que potser només ho havies llegit en els contes.

—No llegeixo gaire, Aiby. Així que prova de fer-m'ho entendre.

—Els pantalons màgics del meu pare, les pólvores que vaig espolsar-te a la cara per fer-te oblidar que m'havies vist dins la botiga, aquella petita aranya amb la qual vaig reparar la bicicleta, o el bastó amb el qual vam... desplaçar-nos... són tots objectes màgics. Classificats i estudiats, com les Botes de les Set Llegües, l'Anell dels Nibelungs, la Catifa Voladora de Simbad el Marí...

—I vosaltres els veneu?

L'Aiby va riure.

—No tots, òbviament. Però els coneixem. Tenim un llibre... el *Glom*, el *Gran llibre dels objectes màgics*, en el qual estan descrits, amb les seves característiques. Les conegudes, si més no.

—Una mica com el registre del bestiar —vaig balbucejar.

—Alguna cosa semblant, sí —va dir l'Aiby—. Sé que et semblarà absurd i impossible, però... és l'activitat de la nostra família des de fa més de mil anys.

Vaig xiular.

—Un bon negoci, doncs.

—No exactament. Mira... la veritat és que la primera Botiga Battibaleno la van obrir el 868 a la Xina. Un Lily.

—Ni més ni menys que a la Xina. I per què?

—No ho sé. Ho hauries de preguntar al pare... —va respondre l'Aiby—. Però el que sé és que el meu avantpassat va ser el primer que va tenir la idea de muntar una botiga d'objectes màgics. Havia creat un llibre màgic, el primer llibre amb caràcters mòbils de la història, sis-cents anys abans de Gutenberg, i, fins on sé, va vendre'l al sobirà de l'Imperi Celeste...

Mentre l'Aiby parlava, jo intentava no mirar-la, per concentrar-me en les seves paraules. Però estava tan fascinat amb ella que no se'm va acudir interrompre-la i preguntar-li en què consistien els caràcters mòbils inventats pel seu progenitor. Si ho hagués fet, potser m'hauria recordat també d'aquelles lletres incomprensibles pintades a les parets de la casa en ruïnes, que havien pres vida davant els meus ulls. I, potser, hauríem impedit que qui les havia escrites pogués actuar sense destorbs a la nostra esquena. Però no vaig fer-li cap pregunta, i l'Aiby va continuar amb la seva història.

—Això que t'explico és un secret, naturalment. El meu avantpassat va obrir la primera botiga i, després, en morir, va passar-la a un fill seu, i després...

—Deixa'm endevinar... —vaig interrompre-la—. Al fill del seu fill i, després, al fill, i així fins...

—No —va intervenir ella—. Ell no ho volia, això. Estava molt amoïnat per la seva activitat: els objectes màgics atreien reis i emperadors, curiosos i col·leccionistes de meravelles. Però no tots amb bones intencions: hi havia moltes persones poc clares, que intentaven fer-los servir per als seus foscos propòsits.

En efecte, tenia ja un parell d'idees sobre com fer servir a l'escola les pólvores esborra-records, però no ho vaig dir.

—El meu avantpassat va escollir sis successors diferents i va inventar un sistema perquè aquests sis, i els seus descendents, gestionessin per torns la Botiga Battibaleno. Després de sis canvis de mans, les claus de la botiga havien de tornar al primer gestor. I, així, successivament.

—I vosaltres heu tornat a Applecross perquè...

—És una altra vegada el nostre torn —va dir l'Aiby amb un sospir.

—Després d'en Reginald.

L'Aiby va fer que sí amb el cap. Va aixecar-se, va agafar un grapat de còdols i va començar a llançar-los al petit llac.

—El pare i jo hem deixat Londres i hem vingut aquí per buscar la casa i la botiga.

—I com vau descobrir que era el vostre torn?

—Un dia van arribar les claus.

—Les claus?

—Les claus de la Botiga Battibaleno de la família Lily. —L'Aiby va mostrar-me la clau que duia penjada al coll: semblava d'or i l'empunyadura tenia la forma d'un grill—. Tu què pensaries si un dia rebessis una clau semblant?

—Que el carter s'ha tornat boig —vaig fer broma. Després vaig posar-me seriós—: Puc tocar-la?

Capítol
QUINZE

—Si vols...

Estava calenta. Mentre la girava a la mà, penjada al coll de l'Aiby, gairebé em semblava que l'acaronava a ella.

—Quantes claus hi ha? —vaig preguntar.

—Quatre.

—Totes iguals?

Mentre ho deia, em va venir al cap aquella amb l'empunyadura en forma d'escarabat que havia vist al coll del pare de l'Aiby, però vaig callar, esperant la resposta.

—No —va explicar ella—. La meva té forma de grill, després hi ha un escorpí, una abella i un escarabat. Quatre insectes. Per obrir una botiga, calen quatre persones.

—És un pany molt complicat.

L'Aiby va somriure, buscant més pedretes.

—Què hi ha a la casa vermella? —vaig preguntar.

—Ara com ara només molt d'enrenou, perquè encara estem acabant l'inventari... —em va respondre la noieta—. Lleixes amb una mica de tot, principalment llibres. Llibres màgics, tintes màgiques, pàgines màgiques, cobertes màgiques... Això és perquè els Lily han estat sempre especialitzats en llibres...

—I l'espasa Assassina de Mags?

—En tenim tres. Més una Assassina de Reis i una Esmicoladora.

—Però...

—S'activa, en ocasions particulars —va especificar l'Aiby—. I després tenim les tres sabates boges, l'etiqueta de la capa d'invisibilitat...

—I la capa?

—No vam aconseguir trobar-la... —va riure l'Aiby arronsant les espatlles—. Però hem recuperat el petit exèrcit de soldadets de coure de Ludwig de Baviera, una dotzena de varetes màgiques encara per catalogar, sis ulls de vidre, dos esquelets de criatures que no haurien d'haver existit mai, més d'un centenar de capses, capsetes i caixes... —La seva veu es va afluixar a poc a poc, fins a desaparèixer—. Com et pots imaginar, són tots objectes molt vells, i, fins i tot, ni tan sols el fet de posar-los nom és una tasca ràpida. Te'n recordes l'altre dia, quan vas aparèixer a la porta?

—En part, sí.

—Recordes què vas veure-hi, a dins?

—Era tot molt confús, com envoltat de vapor.

—Exacte. I te'n recordes que no vas aconseguir entrar?

—No.

—No importa. Però, si ho haguessis intentat, no ho hauries aconseguit, perquè no duies un objecte màgic. És una de les tres regles de la botiga.

Capítol
QUINZE

—I les altres dues?

—Només es paga amb or. I no es fia a ningú.

Vaig esclafir una rialla. Pel que semblava, al capdavall la Botiga Battibaleno no era tan diferent de la cooperativa del poble.

—I creieu que tindreu molts clients?

L'Aiby va encongir-se d'espatlles.

—És tan important?

Vaig fer una ganyota.

—Volia dir: hi ha molts mags en circulació?

—Ves, no cal ser un mag. A més, el pare diu que els mags ja no existeixen, si és que han existit mai. Tan sols hi ha alguns col·leccionistes d'objectes màgics. O gent que necessita una reparació.

—Com reenganxar un taló? O arreglar un fermall?

—D'aquesta mena, sí. O comprar els ingredients necessaris per a les diferents pocions, filtres d'amor, d'amistat...

—Coses del tipus... ossos de ratpenat, llengua de papagai, pètals d'estrella alpina collits durant la lluna plena?

—D'aquesta mena, sí —va confirmar-me l'Aiby.

—I tu t'encarregues de totes aquestes coses?

L'Aiby va brandar el cap.

—No. Jo només hauria de ser la venedora. I el pare el cercador d'objectes.

—I els altres?

—Encara no els hem trobat.

«Vet aquí el que cercaven al poble», vaig pensar.

—Però, què necessiteu?

—No sé si puc dir-t'ho —va xiuxiuejar l'Aiby.

Vaig allargar la mà com per dir-li: «Si no pots, no passa res.»

L'Aiby va vacil·lar una mica abans de decidir-se a explicar-me alguna cosa més.

—Cerquem algú que pugui defensar la botiga.

—De què? —vaig preguntar.

Un núvol es va posar davant del sol, amagant-lo.

—Hi ha perills dels quals no et puc parlar. Altres, però, els has vist tu mateix —va dir l'Aiby—. I, per sort, t'he trobat.

No vaig dir res durant una llarga estona, i ella tampoc. Aquest assumpte dels perills no m'agradava gens ni mica. Entenia que hi havia moltes més coses que ella no m'explicava, però pensava que allò que havia descobert ja era suficient per no deixar-me dormir durant algunes setmanes. Un negoci d'objectes màgics al poble. Quins canvis provocaria, a Applecross, una vegada se sabés?

Vaig mirar d'entendre alguna altra cosa més:

—I aquesta història de les famílies?

Capítol
QUINZE

—Som set famílies —va respondre l'Aiby—. No són les mateixes que van començar, però... sempre som set. Som nosaltres, que també som els més antics, i després els Scarselli, els Tiago, els Askell...

En aquell punt vaig aturar-la amb un gest.

—Com, com? Què has dit? L'últim nom?

—Askell —va repetir l'Aiby, mentre un llarg calfred gèlid em va recórrer l'espina dorsal.

—Aquest nom l'he sentit abans —vaig xiuxiuejar—. No, no. L'he llegit.

—On?

—Estava escrit en una llista a la botiga del senyor Everett.

Ella em va mirar amb una expressió interrogant.

—Tu saps qui és el senyor Everett? —li vaig preguntar.

L'Aiby va negar amb el cap.

—I saps qui són els Askell?

CATIFA VOLADORA
de
SIMBAD el MARÍ
Es tracta, evidentment, d'una falsedat literària, ja que
seva atribució al valent mariner de les llegendes no
estat demostrada. Com la famosa catifa dels contes
Les mil i una nits, aquesta presenta també, a la part ce
tral superior, un quadrat màgic amb nou lletres que pe
meten maniobrar durant el vol. En efecte, és suficie
decantar el propi pes cap a una o altra lletra per inclin
accelerar o frenar el prodigiós mitjà de locomoció aer

Capítol

SETZE

L'ESTABLIMENT L'HOSTAL L'HABITACIÓ DINOU

A les cinc d'aquella mateixa tarda vam arribar a la plaça d'Applecross i a l'establiment del Viatjant Curiós. L'Aiby va baixar del quadre de la bicicleta i jo, en equilibri, darrere d'ella, vaig deixar d'abraçar-la i de pedalar. I de pensar que feia el viatge en bici més bonic de la meva vida. Sempre havia estat la bici d'en Jules, i, ara, havia esdevingut meva: després de l'incident al turmell, el carter havia insistit perquè l'empresa posés a la seva disposició una petita moto i ho havia aconseguit. Anava a tot gas pels carrers del camp i atabalava els gossos a uns quants quilòmetres de distància.

—Sembla tancada —va observar l'Aiby, apropant-se a l'aparador.

Jo vaig recolzar una mà sobre el coixí de la butaca preferida del professor i vaig notar que estava fred. Devia fer una bona estona que el professor Everett se n'havia anat. Vaig cridar-lo, però no vaig obtenir cap resposta. Vaig empènyer la porta, però, res de res: era tancada. En Pedaç ensumava enfurit l'escletxa entre la fusta i el terra.

—La llista de noms era aquí dins?

—Exacte. Just darrere el mostrador.

Era estrany. Realment estrany. Pel que l'Aiby en sabia, els noms de les set famílies que posseïen per torn la Botiga Battibaleno no eren tan coneguts fora del circuit dels col·leccionistes màgics. I és per això que havia insistit a anar a trobar el senyor Everett i demanar-li com era que els coneixia.

—A la llista de noms als quals hem enviat invitacions per a la inauguració no figurava el d'Everett —va reflexionar l'Aiby—. Torna'm a repetir una altra vegada quina mena d'home és...

—Un vell jubilat tranquil —vaig respondre—. Passa el temps xerrant, consulta constantment un llibret negre del qual mai no se separa i canta al cor de l'església.

Aquelles informacions no eren gran cosa, però era tot el que en sabia.

Per acabar-nos-en d'assegurar, vam fer la volta pel

darrere. Vam endinsar-nos en un carreró estret que conduïa, per un costat, al garatge dels Dusker, i, per l'altre, a un petit prat cerclat per una tanca, però el professor Everett tampoc no era allà.

—Espera un segon —vaig dir pensant en un últim intent. Vaig mirar al meu voltant furtivament per comprovar que ningú no m'observava i vaig saltar la tanca.

—Vaig a veure si aquesta porta és oberta... —vaig dir. Recordava que el senyor Everett s'havia lamentat del fet que els gats li entraven fàcilment al negoci quan es deixava la porta del darrere entreoberta.

En Pedaç es va posar a saltar amb les potes juntes per mirar de passar també ell la tanca.

—I doncs? —va preguntar-me l'Aiby quan vaig arribar a la porta.

Vaig abaixar la maneta.

—Tancada —vaig anunciar.

En tornar enrere, em vaig adonar que hi havia alguna cosa entre l'herba que feia pampallugues. Però no era res: només una simple estella de mirall.

—I què podem fer? —va preguntar l'Aiby—. Saps com podem trobar aquest senyor Everett?

Se'm va acudir una idea. Sempre que parlar amb ell servís realment d'alguna cosa.

—Provem per allà.

Vam travessar la plaça principal d'Applecross i vam entrar a l'únic hostal del poble.

Les catifes del terra estaven plenes de pols i les cortines estaven impregnades de l'olor que provenia de la cuina. El sostre era tan baix que l'Aiby gairebé havia d'ajupir-se per caminar (potser no ho he dit encara, però l'Aiby em treia un pam). Els McStay, els propietaris d'aquell tuguri fascinant d'altre temps, tenien prohibit des de feia més de vint anys fumar a l'hostal, però l'aire estava encara impregnat de denses traces de tabac. Tot cruixia, fins i tot els llums, i em feia la impressió que sentia com les potetes dels escarabats s'enfilaven darrere les fustes.

En resum, no era un lloc precisament acollidor, però els turistes que s'aturaven al poble el trobaven decididament típic. Un exemple de rude acolliment escocès, sense floritures. I ben d'acord amb aquesta idea, s'explicava que per les canonades d'aquell edifici no havia passat mai una sola gota d'aigua calenta i que, fins i tot, el plat de sopa del dia, que mai no faltava, el plat fix per a qui escollia menjar a les taules del restaurant, arribava sempre mig fred, com si a la cuina no hi hagués gas suficient per escalfar-lo com cal.

En Rufus McStay estava enfonsat al sofà, en una posició

lleugerament dominant de cara al taulell de recepció. Al seu darrere, sota un mussol dissecat, hi havia l'armariet amb totes les claus penjades. Cap rastre d'un eventual hoste.

—McPhee —va saludar-me l'expert hostaler, llançant al mateix temps una ullada d'escorcoll a la meva companya—. Com està el pare?

—El pare està bé, senyor McStay —vaig respondre-li, mentre ell em premia amb força la mà.

—En què puc servir-te? —va preguntar-me, mirant l'Aiby, que, al seu torn, observava les fotografies de caça que estaven penjades a la paret. Podia veure com un seguit de pensaments passaven darrere les pupil·les d'en Rufus, però vaig decidir ignorar-los.

—Busco el senyor Everett. Que és per aquí, potser?

—El professor? No! —va bramular ell, prement els ullets.

—M'havia esmentat un holandès, hoste vostre... —vaig etzibar, recordant l'assumpte de la traducció.

—Oh, el barbut! Un boig, un autèntic boig!

En aquell moment, per primera vegada, l'Aiby va girar-se per mirar-lo i en Rufus McStay es topà, finalment, amb els seus ulls verds.

—Li agraden aquestes fotografies? —va preguntar-li—. Són de l'estiu del 76, el famós dels Mil Senglars...

«Oh, no», vaig pensar. Una altra vegada aquella història.

—Per què «boig»? —vaig intentar intervenir, abans que l'hostaler s'endinsés en una de les seves proverbials digressions sobre les fotografies penjades a la paret.

Però llavors ja era massa tard. En Rufus McStay tot just acabava de trobar una nova víctima per a les seves històries i no volia deixar escapar l'avinentesa.

Vaig sospirar, resignat a no descobrir res més de l'holandès boig (i barbut, vaig repetir-me), i vaig cercar una via de sortida. L'Aiby, però, semblava estar comodíssima en aquella situació. Va somriure amablement a en McStay i va deixar que li expliqués aquella foto i aquella altra i, després, amb una certa habilitat, va plantar-li una altra pregunta sobre l'holandès i el senyor Everett.

—Oh, sort que va venir el professor! —va exclamar de nou el senyor McStay—. No enteníem què volia, aquell estrany. Estava furiós! Només cal que us digui que va estar-se tres dies a l'hostal sense sortir-ne. Pel que he entès, volia saber alguna cosa sobre la lluna plena, imagineu-vos! Un boig, us ho ben dic. I aquest matí, a trenc d'alba, ha desaparegut, sense deixar cap missatge, cap nota, res de res.

—Però, si més no, haurà pagat, no?

En Rufus McStay va deixar anar una ganyota d'hipopòtam.

Capítol
SETZE

—Amb qui creus que estàs parlant, McPhee? Vaig comprendre-ho a la primera, que aquell era un buscaraons, i vaig fer-li pagar per avançat una setmana sencera.

—Llavors, tornarà? —va preguntar l'Aiby.

—Vés a saber. La clau de la dinou està penjada a l'armariet. Si torna, de llit n'hi ha.

En aquell moment, l'Aiby va picar-me l'ullet i, us ho creieu o no, jo vaig caçar al vol què havíem de fer. Ho vaig comprendre per com fingia interessar-se una altra vegada per les fotografies de caça, fent-ho de manera que l'hostaler em donés l'esquena.

Mai no havia robat una clau de la fonda i mai no havia vist com eren les habitacions. Per a mi, tot el que feia referència a l'hostal era un autèntic misteri. Però vaig decidir fer-ho.

Vaig esmunyir-me darrere el taulell, vaig ignorar la mirada atenta del mussol dissecat, vaig agafar la clau número 19 i vaig desaparèixer per les escales de fusta, que semblava que cedirien d'un moment a l'altre. Vaig trobar-me passant per passadissos estrets i portes corbades, numerades segons un mètode incomprensible. La porta número dos i, després, la setze. La nou al costat de la vint-i-u. La cinquena, a les golfes, just davant per davant de la que buscava, la dinou. Vaig entrar en una estança petita guanyada de les golfes, amb les bigues a la vista i una finestreta baixa que donava a l'església. Una claraboia mig oberta deixava entrar l'aire fred del vespre, però no era prou gran per ventilar bé l'habitació.

Feia olor d'encens. El llit estava desfet. Vaig mirar al meu voltant, incòmode, perquè estava furgant a l'habitació d'un desconegut i corria el risc de ser descobert. I, a més, vaig preguntar-me, què és el que estava buscant?

Vaig alçar els llençols, vaig mirar als armaris i vaig fer un cop d'ull ràpid al bany. A banda d'una ampolla buida al costat de la pica i d'una olor poc agradable, no hi havia res que evidenciés que algú havia passat per allà.

En inspeccionar sota el llit, vaig veure una maleta vella: pesava poc, com si fos buida. Vaig empènyer-la cap a mi i vaig obrir-la amb molt de compte. Com m'havia imaginat, no hi havia res a dins; només un folre d'estrelles ornava l'interior. Sobre cada estrella hi havia escrita una lletra estranya o un número, disposats segons un ordre que semblava casual. Era el farciment més estrany que havia vist mai, però era tan sols un pedaç de roba.

Vaig tornar a la porta, una mica decebut, i tan bon punt vaig posar els peus al passadís, vaig sentir que l'hostaler, a baix, continuava concentrat en les seves històries.

Capítol
SETZE

—...I aquesta escopeta, et deia, és la que va abatre el Cérvol d'Or de Weasley Point...

Estava a punt de tancar la porta de l'habitació al meu darrere, quan em va venir al cap un detall. Potser m'equivocava, però em pensava que ja havia vist abans l'ampolla abandonada a la pica del bany.

Vaig vacil·lar alguns instants, abans de tornar a entrar. Perquè, si el meu ull de caçador de tresors ho havia vist bé, acabava de descobrir un detall inquietant de tota aquella història.

Però potser m'equivocava.

Vaig creuar de puntetes l'habitació número dinou, vaig tornar al bany, vaig agafar l'ampolla, vaig capgirar-la i vaig mirar-la per la part de sota. A l'instant vaig reconèixer l'escrit que hi havia al cul.

Germans Murano - Carters del mar
Sempre a la cresta de l'onada.

Què hi feia allò allà? Pel que en sabia, l'altre únic exemplar d'ampolla dels germans Murano era el de la meva col·lecció.

«I doncs?», vaig preguntar-me. Havia arribat el moment de sortir ràpidament d'allà.

I així ho vaig fer. Com vaig poder, vaig arrossegar l'Aiby fora d'aquell hostal. Vam prometre al senyor McStay que tornaríem aviat per escoltar les històries sobre la pesca del salmó del 92 i vam desfilar en direcció a la rectoria de mossèn Pròsper, on pensàvem que podríem descobrir on s'havia ficat el senyor Everett.

Vaig parlar a l'Aiby de la botella i del fet que n'havia trobada una altra d'igual, però, abans que pogués explicar-li l'endevinalla, l'Aiby Lily, de sobte, va desmaiar-se entre els meus braços.

Capítol

DISSET

DESMAI
RETROBAMENT
SEGREST

—Aiby! Aiby! —vaig cridar-la.

Finalment, ella va obrir els ulls. Primer va mirar-me a mi i després la senyoreta Meb, la modista, que la refrescava amb un petit ventall.

—Què ha succeït? —va preguntar—. On som?

Érem a ca la modista, vaig explicar-li, i li havia succeït allò que us he contat: caminàvem cap a l'església quan va caure a terra, com si, de cop, l'haguessin desendollat. La vaig agafar al vol i vaig sostenir-la una estona; després, la senyoreta Meb, que ens havia vist, em va ajudar.

Jo no sabia què fer, però hauria fet qualsevol cosa per despertar-la. «És morta?», crec que vaig preguntar veient que no feia senyal de recuperar-se. Vaig oferir-me a anar a cridar el metge, però la Meb va convence'm que l'ajudés a portar l'Aiby a la modisteria per deixar-la reposar alguns minuts. Potser li havia agafat una insolació. Potser tenia la pressió baixa, vés a saber. Recordo que de fons se sentia assajar el cor i que l'Aiby estava immòbil, estesa entre els meus braços, adormida.

Una vegada estirada sobre el sofà de la Meb, amb l'airet del ventall, l'Aiby, finalment, va desvetllar-se.

—T'has desmaiat —vaig dir-li.

Ella va arrufar les celles, confosa.

—Desmaiada?

—Ja t'havia passat alguna altra vegada, això? —va demanar-li la Meb, atansant-li un got d'aigua amb sucre.

L'Aiby ens mirava com una nena que acaba de despertar-se.

—No —va respondre—. No que jo sàpiga. I no entenc per què m'ha passat.

Recordava que caminàvem i parlàvem. També recordava haver sentit els assajos del cor i que en aquell moment... tot s'havia enfosquit.

—Realment sorprenent —va dir, aixecant-se del sofà. Va trontollar sobre les llarguíssimes cames, però va restar dempeus.

Jo vaig explicar a la Meb qui era l'Aiby i on vivia; quan

la noia va preguntar-nos com pensàvem tornar a casa, vaig assenyalar la bicicleta d'en Jules. No li semblava una bona idea que em posés a pedalar amb tots dos a la bici.

—Voleu que us acompanyi amb un cop de cotxe? —va preguntar-me.

La idea no va semblar-me malament, al capdavall. Però no podia deixar la bici al poble.

—Potser podries acompanyar només l'Aiby —vaig proposar.

Però semblava que l'Aiby no pensava el mateix. Continuava mirant-me, com esperant que jo l'entengués. Però aquesta vegada no l'entenia.

—L'ampolla, Finley... —va xiuxiuejar-me llavors.

—L'ampolla, dius? —Gairebé me n'havia oblidat, de l'ampolla.

—Potser hauríem d'anar... on vas trobar-la —va suggerir l'Aiby.

—Vols dir a la corba de Bealanch Ba? —vaig preguntar—. I per quin motiu?

—Perquè crec que serà el millor —va respondre ella, enigmàtica. La Meb va arronsar les espatlles.

—La corba de Bealanch Ba no ve de camí per anar a la Cremada —va observar la jove modista—. Però, si voleu, us hi porto.

—On era, exactament, la botella que vas trobar? —va cridar l'Aiby a la platja.

En Pedaç anava d'aquí cap allà ben feliç, tot desviant-se una mica per espantar les gavines.

Jo vaig esbufegar.

—No ho sé! Allà! O més amunt! Vés a saber!

—Però, renoi, Finley! —va protestar ella—. Com és possible que no te'n recordis?

Vaig donar-li la millor resposta que vaig poder. La marea modificava el paisatge d'aquella platja cada dia, i no hi havia punts de referència concrets. Aquell feix d'algues? Les pedres d'allà dalt? Tant era una cosa com l'altra.

La Meb ens esperava al carrer, encuriosida per la nostra insòlita cerca. Ens havia concedit un quart d'hora per pentinar la platja; després, acompanyaria l'Aiby a casa, mentre jo continuava el meu camí cap a la granja en bici.

Mentre mirava l'Aiby, jo pensava. Pensava que aquella noieta no m'estava dient tota la veritat. La història de la botiga em convencia, també la de les claus i la de les set famílies i tota la resta, però, sobre els Askell, què me n'havia explicat? Qui eren? I per què, només de sentir pronunciar el seu nom, havia insistit per deixar el riu i córrer al poble per parlar amb el senyor Everett?

Capítol
DISSET

I ara que havíem trobat la botella a l'habitació de l'holandès, què hi fèiem a la platja?

Tenia la sensació que la meva vida estava teixida amb fil i agulla i que tots els fils havien estat posats a les mans de l'Aiby.

Si era realment així, no m'agradava gens. I no m'agradava perquè, tot i que em sentia enganyat, tanmateix, m'estava divertint. Estava espantat i, alhora, fascinat. Em creia la meitat del que m'havia explicat i la meva fantasia imaginava el doble d'allò que encara no m'havia confessat.

Era a les seves mans, literalment. I en el fons m'anava bé que la cosa fos així, tot i que no m'agradava.

M'entretenia mirant el sol que ara il·luminava el perfil de l'illa del nostre davant. Eren les sis, i la meva ombra era tan allargassada que semblava que estava a punt de separar-se'm dels peus.

L'Aiby va fer que tornés a la terra:

—Ei, Finley! Mira aquí!

Sostenia triomfant una tercera botella, idèntica a la que havia vist a l'hostal i a la que havia trobat allà a la platja, dos dies abans. Vaig córrer cap a ella, sense acabar-m'ho de creure.

Ella va fer saltar el tap de cera i li va lliscar a la mà un nou missatge. Hi deia:

Un vell rei va organitzar una prova entre els seus dos fills, per decidir qui havia d'heretar el regne. Va dir: «El fill, el cavall del qual arribi l'últim a l'església, ocuparà el meu lloc.» El fill més jove va agafar un cavall i va galopar a gran velocitat fins a l'església. Ara et pregunto: quin dels dos fills va esdevenir rei?

—Però, què significa? —va preguntar l'Aiby.

Era un altre enigma incoherent embotellat.

—I què en sé jo, Aiby.

Quin sentit tenien aquells missatges portats pel mar? Qui els estava enviant, i per què?

Fos quina fos la resposta, pel que semblava, no era el moment adequat per esbrinar-la. El sol ja es ponia i, en aquell mateix instant, la Meb, dalt el carrer, va començar a cridar.

Capítol
DIVUIT

L'HOLANDÈS L'ANGLÈS L'ESCOCÈS

Al costat de la Meb hi havia un home. Era robust, amb una barba llarga, i tenia un estrany punyal apuntant la gola de la jove modista. No hi havia dubte que era un misteriós artefacte màgic: semblava extraordinàriament afilat i tenia milers de petites gemmes encastades a l'empunyadura.

La Meb estava visiblement aterrida. El paio li havia immobilitzat un braç darrere l'esquena i l'amenaçava parlant en una llengua incomprensible. El seu to era furiós i, com més parlava i menys s'entenia res, més s'enfurismava.

—I aquell qui és? —vaig murmurar —. Que el coneixes, Aiby?

Com si m'adrecés al vent: l'Aiby havia desaparegut. Puf, esfumada. Com si mai no hagués estat allà.

—Molt bé —vaig rondinar—. I ara, què faig?

La situació no era pas senzilla, havia d'actuar de pressa. En Pedaç no va dubtar-ho i va llançar-se veloç contra el desconegut, bordant com un endimoniat.

Vaig comptar fins a cinc.

En Pedaç va saltar amb l'empenta de qui està disposat a menjar-se el món, va donar una coça mentre era enlaire i va rodolar per terra amb un lament. Va fingir ser mort durant uns segons; després, es va tornar a aixecar i va començar a grunyir dèbilment, aquesta vegada quedant-se a una certa distància.

El desconegut va mostrar el ganivet i va dir alguna cosa. La Meb va deixar anar un altre esgarip i jo vaig fer tot el que vaig poder pensar: vaig alçar les mans en senyal de rendir-me.

—Calma! Calma! —vaig mirar de dir apropant-me amb les mans alçades.

Vet aquí el famós holandès, vaig pensar: un desequilibrat amb una barba llarguíssima de color de coure, furiós, incomprensible i, per acabar-ho d'adobar, armat.

—Un plaer... —vaig murmurar—. Finley McPhee... Com anem?

No m'ho creia ni jo, això d'estar tan calmat. Potser pensava que l'Aiby era en alguna banda, a prop meu,

Capítol DIVUIT

o potser, i era el més probable, no pensava ben bé res. Excepte que l'any vinent estudiaria com un boig i, una vegada acabada l'escola, suplicaria als meus pares que m'enviessin de vacances d'estiu a qualsevol altra banda del món que no fos el soporífer llogarret d'Applecross.

Quan vaig ser a cinc passes d'ell, l'holandès va estrebar la Meb, va deixar anar la presa i va assenyalar amb el ganivet la botella que jo tenia a la mà.

—Això? —vaig preguntar-li—. És això el que vols? Molt bé. Aquí ho tens.

Vaig deixar-la caure a terra de manera que rodolés pel carrer, lluny de la Meb i de mi. L'holandès va aturar-la amb un peu i la va recollir. En Pedaç va bordar-lo.

L'home va mirar la botella a contrallum i es va posar a insultar-me en aquella seva llengua misteriosa, així que vaig entregar-li també el paperet que havíem trobat dins l'ampolla, esperant que es calmés.

L'holandès va prendre-me'l de la mà, va llegir-lo voraçment i va començar de nou a dir pestes, articulant un seguit d'horribles sons guturals. Aquella cosa no era pas holandès, vaig pensar. Aquell home parlava una llengua que provenia directament dels malsons!

Després ens va empènyer fins a l'automòbil de la Meb, aparcat a poques passes d'on érem.

Podia sentir com el so de la fulla del punyal xiulava a tocar de les meves orelles.

—Finley... —va xiuxiuejar-me la Meb, que era darrere meu—. Tu saps qui és aquest paio?

—No, exactament, no. Però em sembla força enrabiat.

—Potser el coneix la teva amiga... Per cert, on s'ha ficat?

—Vés a saber! —vaig respondre, sarcàstic.

En arribar al cotxe, l'home ens va fer un senyal perquè hi pugéssim.

—Per anar a on? —va demanar la Meb i, després, va provar de dir-l'hi separant les síl·labes, com es fa amb els estrangers—: On nosaltres anar?

L'holandès va assenyalar les muntanyes de l'interior i allò va ser suficient perquè jo entengués que volia que el portéssim al vell castell dels Lily. Em va semblar del tot lògic. Com si la llengua desarticulada que emprava fos la mateixa que havia vist pintada a les parets d'aquella casa abandonada.

Pujar al cotxe va requerir una logística força complicada, perquè el cotxe era molt petitó, de tres portes. La Meb al volant, jo al seu costat i l'holandès al darrere, apuntant-nos al clatell amb el punyal.

Abans de tancar la porta, vaig mirar en Pedaç i vaig ordenar-li:

Capítol DIVUIT

—Pedaç, tu vés a casa. —I, quan ell va fer la seva usual expressió de titubeig, vaig repetir-li—: Pedaç! Vés DE SEGUIDA A CASA!

«Bon gos», vaig dir-me a mi mateix quan el vaig veure enfilar el carrer, com si hagués comprès que l'enviava cap a la granja per demanar ajuda. Tot i que, com que corria amb les orelles baixes, segurament l'única cosa que havia entès era que l'havia escridassat i senzillament s'havia ofès. Vaig sospirar.

La Meb va encendre el motor i dins l'automòbil va sentir-se un xiulet misteriós.

El punyal de l'holandès va moure's ràpidament com un llamp a la base del meu coll i jo em vaig afanyar a explicar-li, el més calmat que vaig poder:

—Cinturó de seguretat. Me l'he de posar; si no ho faig, això continuarà sonant.

Però no hi va haver res a fer. El senyal va continuar sonant de manera obsessiva fins al castell dels Lily, quan aquell boig, finalment, va donar-nos permís per baixar.

Al capvespre, tenyides del groc i del roig intens del sol, les ruïnes del castell feien encara més por que el dia anterior. Llargues ombres de branques esquelètiques dibuixaven gargots sobre les parets escrostonades. I el bosc que s'endinsava en la foscor era encara més opressiu. Per augmentar el ja notable malestar hi havia els turbulents insults del nostre carceller, que ressonaven en el silenci. Al nostre voltant, el fred creixia a mesura que ens avançava l'obscuritat.

L'holandès va obligar-nos a entrar i, una vegada arribats a la sala d'estar amb la llar de foc, ens va fer seure a terra.

En el meu desesperat intent per entendre què succei-ria, vaig suposar que les brases que havia trobat a la llar de foc les devia haver encès aquell home, però em demanava quin sentit amagava allò, tenint en compte que havia llogat una habitació a l'hostal dels McStay.

—I ara? —em va preguntar la Meb, tan bon punt ell es va haver allunyat algunes passes de nosaltres.

L'holandès va cridar-nos un parell de paraules, en to poc amable. Va fer un gest en l'aire, com per escriure un símbol amb la punta del punyal, i, a l'instant, vaig notar que les meves cames es feien pesades, com si s'haguessin tornat de marbre.

—Ara esperarem —vaig respondre, mostrant una calma que no tenia. Vaig intentar alçar un peu, però em va costar un esforç sobrehumà. I va passar-me el mateix amb l'altre i amb els braços. Estava com clavat a terra. Enganxat al paviment.

Capítol

DIVUIT

—Finley… —va gemegar la Meb, experimentant la mateixa sensació—. Què els ha succeït a les nostres cames?

—Ens ha empresonat —vaig respondre. I vaig aconsellar-li que no hi insistís: com més provava de desenganxar-se del terra, més intensa es feia la sensació de pesantor.

Vaig mirar al meu voltant, mentre la foscor avançava. Damunt la llar de foc, on el dia anterior havia vist la piràmide flamejant, ara hi havia un nou dibuix, molt més gran i terrorífic.

Era una calavera.

I sota la calavera hi havia quatre d'aquelles misterioses lletres que semblaven cucs.

—Ho veus, tu també, que es mouen? —vaig preguntar a la Meb en veu baixa.

—Oh, Déu del cel… —va murmurar ella amb un fil de veu.

Si més no, no havia embogit del tot, vaig dir-me. Perquè, en l'interval d'aquella ràpida conversa, els quatre senyals s'havien transformat, lentament, en quatre lletres comprensibles:

LILY

Cosa que no em semblava de bon averany.

—Crec que la tenen jurada a la teva amiga... —va xiuxiuejar la jove modista.

—Em penso que sí.

La Meb va fer un cop d'ull al nostre segrestador, que s'estava a una cantonada i semblava que esperava alguna cosa.

—Et pots moure?

Però d'escapar-nos no en parlàvem: encara que no haguéssim tingut les cames immobilitzades, aquell home ens mirava amb ulls flamejants, i el seu rostre era, com a mínim, aterridor. Si més no tant com el seu ganivet.

Si hi havia una petita esperança, estava vinculada a l'Aiby i a la seva ràpida desaparició allà baix, a la platja. En realitat, estava segur que l'Aiby era en alguna banda al voltant nostre. Quan havíem pujat al cotxe, havia vist de cua d'ull pel mirall del retrovisor que la bicicleta d'en Jules s'havia alçat de terra i s'havia posat en moviment, darrere nostre, com conduïda per una persona invisible.

El meu primer pensament havia estat: «Aiby, poca-solta, m'has mentit una altra vegada! No era cert que haguéssiu perdut la capa d'invisibilitat.» Després m'havia vingut un somriure i havia deixat de mirar pel mirall per por que l'holandès s'adonés que ens seguien.

Tan sols esperava que l'Aiby sabés què fer. I que ho pogués fer. Havia de creure-la, havia de confiar en ella i en els seus objectes màgics. Potser el seu pare arribaria d'un moment a l'altre amb un arsenal sencer de prodigis i reduiria aquell boig que ens amenaçava.

Tanmateix, no van arribar ni l'Aiby ni el seu pare, sinó algú molt més aterridor. Va ser anunciat pel fred, que, de sobte, va augmentar i em va fer tremolar, i per un absurd silenci que va extingir tot buf de vent.

També se'n va adonar la Meb i fins i tot l'holandès: vaig veure que un llampec de por travessava els seus ulls esperitats.

Semblava que les lletres sobre la llar de foc centellejaven. Vaig sentir un furiós batre d'ales; després, passes sobre el paviment damunt nostre. Finalment, els graons de l'escala de fusta van gemegar pel pes d'una persona que estava baixant.

Vet-lo aquí.

Fos qui fos, havia arribat.

L'holandès, afanyant-se a treure la botella i el missatge que li havia donat a la platja, va dirigir-se al peu de l'escala, a la sala del costat, i, una vegada allà, va aturar-se.

Des del meu lloc podia veure-li l'esquena. Les passes a l'escala es van detenir.

—Has recuperat també el tercer enigma? —va preguntar una veu que no vaig reconèixer, en un anglès perfecte, gèlid i esmolat.

L'holandès va respondre amb algunes frases inconnexes. Vaig sentir com la botella queia a terra i es trencava.

—I en saps la solució?

Entre les frases que aconseguia entendre i que, per la seva fredor, em feien tremolar, s'alternaven les respostes furioses de l'holandès, unes vegades rapidíssimes, com sanglots, altres, llargues i caòtiques, embullades. Per més que m'esforçava a allargar el coll, amb prou feines aconseguia distingir la silueta del nostre segrestador i alguns estranys reflexos de llum.

—Has anat a la granja?

I vet aquí que vaig notar com si un ham em rasqués el paladar. «Un moment», vaig dir-me. «Quina granja?»

—No has de matar més gent —va continuar el desconegut. I, després d'un llarg silenci, va dir—: Ben fet. Ara els tens tots tres.

«Tots tres? Tots tres?», vaig pensar a la velocitat del llamp. Si hi havia un enigma a cada ampolla, un l'acabàvem de trobar a la platja. Un altre devia ser dins l'ampolla de

Capítol
DIVUIT

l'habitació dinou de l'hostal. I l'últim només podia ser el que jo havia trobat.

—I que vaig dur a casa, a la granja... —vaig murmurar dins meu.

«No has de matar més gent», acabava de dir el desconegut. Vaig sentir que una angoixa terrible m'envaïa el cos i vaig intentar alliberar-me desesperadament. Els dos que eren a l'altra estança se'n van adonar i es van afanyar a acabar la conversa.

—Ara que tens tots tres enigmes, no triguis més a despertar-lo...

—A despertar a qui? —va preguntar-me en aquell moment la Meb, sobresaltant-me per l'ensurt. M'havia oblidat completament d'ella.

—No ho sé —vaig respondre amb un fil de veu.

El misteriós interlocutor es va acomiadar. Vaig sentir les passes per les escales; després, pel paviment del pis de dalt, i, finalment, res més que el silenci. Silenci. I més silenci, que, de cop i volta, l'holandès va trencar amb els sons més terrorífics que havia emès fins a aquell moment. Vam sentir que remenava alguna cosa. Que ho canviava de lloc, que ho estirava. Després vam veure que s'encenien algunes flamarades.

De nou, el silenci.

Després un tac!

Un grinyol.

Una cinta de casset que girava.

—Finley... —va xiuxiuejar la Meb—. Hem de marxar d'aquí.

Mai no havia estat tan d'acord amb algú. Però, com? Les meves cames pensaven encara com rocs. I per què l'Aiby no venia a alliberar-nos? Quan era que arribaven, els nostres?

A l'altra estança, el cruiximent va créixer d'intensitat; després, va ser substituït per l'enregistrament d'una cançó.

Vaig obrir els ulls com dues taronges.

Vaig reconèixer-la. La coneixia. L'havia sentida aquella mateixa tarda, entonada pel cor d'Applecross.

Quina peça era?

Ho sabia.

Ho sabia, però no me'n recordava.

Vaig recuperar de la memòria les paraules que el mossèn m'havia dit uns quants dies abans. Vaig reconstruir l'escena fins als més petits detalls. Jo li estava preguntant pels Lily i ell estava enfeinat ordenant les partitures per als assajos de la tarda.

S'havia enrabiat.

Havia dit...

LA BOTIGA BATTIBALENO

CAPA D'INVISIBILITAT

Còpia de l'original capa de l'Absència de Segimon el Despistat. És un model fàcil de confeccionar, que captura els reflexos de llum del seu voltant; la seva durada màxima és d'una clepsidra. Res a veure amb la Capa del Hobbit confiada a Oxford al professor J.R.R. Tolkien el 1932.

«Tant per tant, cantem sobre Oberon i Puck i totes les altres criatures paganes!»

—Ja ho tinc! —vaig exclamar.

Capítol

DINOU

UN VELL CANT UN VELL GEGANT UN VELL PROBLEMA

La música que ressonava per la casa enderrocada era el *Cant dels gegants del mar*!

Era així com l'havia anomenat mossèn Pròsper. Era una melodia lenta i de tons baixos, que semblava sorgir de les profunditats de la terra, i que, a mesura que avançava, em feia cada vegada més i més por, perquè, de nou, tenia la sensació que la casa començava a moure's al meu voltant, com si... com si fos viva.

—Finley? —va somicar la Meb com una nena—. Entens alguna cosa?

—Que el diable se m'endugui, Meb! —vaig exclamar—. Són tots bojos!

Com si m'hagués sentit, en aquell moment l'holandès va tornar a la sala d'estar, va desaparèixer a la cuina, va passar les falgueres, va tornar enrere i, de nou, va desaparèixer. Jo no entenia res del que feia.

El cant va acabar, la cinta magnètica va fer clac! I, al cap de poc, va tornar a començar des del principi. La mateixa melodia.

Vaig sentir que l'holandès pronunciava un seguit de paraules obscures, d'alguna manera solemnes, i el terra, sota els nostres peus, va començar a tremolar. Van caure trossos del sostre i de les parets, els murs s'encorbaven i la Meb i jo vam notar que ens alçàvem per una força subterrània.

Que creixia.

I es movia.

De sota el castell.

El terra es va omplir d'esquerdes, la campana de la llar de foc es va trencar en dues parts i una pluja de calç i maons va caure de la xemeneia. El cor d'Applecross cantava la seva ridícula melodia i l'holandès recitava paraules lúgubres.

I, mentrestant, al nostre voltant la casa prenia vida lentament.

Un sotrac més violent que la resta va enviar-me cames enlaire i va deixar-me sense respiració, a les palpentes entre la runa. Però vaig trobar-me, sense ni tan sols adonar-me'n, alliberat de l'encantament: ja no tenia les cames pesants, ni les mans empresonades a terra.

Vaig posar-me dret, vaig esquivar els maons que em plovien pertot arreu i vaig mirar de sortir d'allà.

—Meb! —vaig cridar entre la pols.

—Finley!

Ens vam trobar, tots dos lliures, i, travessant l'estrèpit i els enderrocs, vam llançar-nos cap a fora, enmig de les ruïnes. Les espines ens van esparracar els vestits, però no van aturar-nos. Vaig sentir l'aire fred a la gola i vaig respirar profundament.

—Déu meu! Què esta passant? —repetia la Meb, mentre l'arrossegava lluny d'allà.

—S'està despertant! —vaig respondre tot d'una.

—Qui s'està despertant?

—No ho sé! ALGUNA COSA! —vaig cridar.

Però ho sabia, o, si més no, creia saber-ho.

Vaig veure rocs i pedres que s'esmicolaven estrepitosament, les bigues del castell dels Lily que s'esberlaven, la xemeneia que s'esbocinava. I, enmig del núvol de pols que s'alçava entre les runes, continuava sentint el cor d'Applecross i les paraules delirants de l'holandès que s'alçaven cada cop més fort.

La Meb i jo ens vam refugiar en l'espessor del bosc

i, per primera vegada, vam aturar-nos per mirar enrere. Podríem haver fugit lluny sense girar-nos en cap moment, però hi havia alguna cosa magnètica que ens retenia allà, ancorats.

Havia sentit en alguna banda que la por atreu més que l'alegria. Que l'horror fascina. I era maleïdament cert. Una part de mi continuava repetint-me que escapéssim al més de pressa possible, però l'altra meitat m'obligava a quedar-me i mirar.

—Tu també veus el que jo estic veient? —vaig murmurar, incapaç de moure'm una sola passa més.

Entre les ruïnes de la casa dels Lily s'havia alçat una silueta deu vegades més alta que un home, corba i escabrosa, massissa i terrorífica. Era un gegant de pedra i terra, que regalimava arrels i canonades degotants. Maons i trossos de paper pintat queien per les seves espatlles robustes, ofegant els remolins de pols. Semblava un home deforme, amb el cap minúscul, enormes braços i les cames encara arrelades sota terra.

—Què... què és... ALLÒ?

Era algú que no s'hauria d'haver despertat, vaig pensar. Un gegant que havia de continuar dormint sota la casa i sota el bosc.

I, en canvi, ara s'havia desvetllat i s'espolsava els maons

de sobre com en Pedaç feia amb les puces. S'estava... estirant.

«I ara?», vaig preguntar-me.

La música del cor es va interrompre, però no la veu embruixadora i terrible de l'holandès.

Hauria volgut ser en una altra banda. A la meva habitació, dormint. Al riu. A l'escola. A qualsevol altra banda, però no allà. Vaig sentir cruixir les fulles del bosc. Vaig girar-me i...

—Aiby! —vaig exclamar quan la vaig veure avançar en l'obscuritat—. Merda, Aiby! On t'havies ficat?

—He estat sempre aquí, a la vora! —va respondre ella, agitada.

—I per què no has vingut a salvar-nos?

—No podia apropar-me —va justificar-se. Va assenyalar-me el que restava de casa—. La música del cor. Ha estat aquesta música la que ha fet que em desmaiés, avui a la tarda, al poble.

L'Aiby va ajupir-se al nostre costat, just al mig de la Meb i jo, i ens va somriure, com si tot estigués tranquil i aclarit, i va concentrar-se en el gegant. Estava estripant la cortina d'heura enfiladissa que el tenia empresonat.

—Creus que te'n sortiràs així? —vaig protestar—. Dient-me que no podies apropar-te per la música?

—No és una música com qualsevol altra... —va explicar ella—. Avui, al poble, no l'he reconeguda... no podia imaginar-me...

—Imaginar-te què?

—Que algú l'havia trobada.

El gegant va grunyir, arrencant-se una xemeneia.

—AIBY! —vaig cridar—. Què significa això?

Ella va mirar-me, aparentment tranquil·líssima.

—La que has sentit fins fa poc és la cançó maleïda de la nostra família. La mateixa que va fer naufragar el meu avantpassat. Per això no he vingut abans a ajudar-vos. Ells m'ho han impedit. I sabien com: si algú de la meva família escolta aquesta cançó, ni que siguin poques notes, s'adorm de cop.

Vaig mirar la Meb amb un somriure tort, com dient: «Obvi, no? A qui no li passa, això?»

—I és una cosa lligada a... ell! —va prosseguir l'Aiby, assenyalant la criatura de pedra—. En el passat, els Lily havien tingut problemes amb els gegants... i ara ells ho han descobert.

—Ells, qui? —vaig preguntar.

—Algú que ens vol realment mal.

—Els famosos Askell?

L'Aiby va brandar el cap. Va assenyalar l'holandès, que,

mentrestant, havia pujat a una muntanya d'escombralls i tenia els braços estesos davant el gegant.

—No ho sé. Però sé que aquest no és un Askell. Els Askell són alts i rossos. Tots els Askell.

—I, llavors, qui és?

—El seu nom veritable és Unther Farla, i abans d'embogir era un fuster de Rotterdam —va dir l'Aiby—. Li deuria passar alguna cosa per la qual va entrar en contacte amb els esperits del Rancor. Ho veieu? Està completament boig. Ha perdut la raó i la paraula. La llengua que parla és una llengua que no existeix.

El gegant va alçar la mirada cap al cel, emetent un udol espantós:

—GRAUUUGGGH!

—I ara què passa? —va preguntar la Meb, que fins a aquell moment s'havia quedat callada escoltant-nos.

—Farla està provant de dominar-lo —va explicar l'Aiby.

—De dominar-lo?

—Si aconsegueix proposar a un gegant tres enigmes als quals no sàpiga respondre, esdevindrà un servent seu. Si més no fins que algú altre no el desafiï de nou.

—I llavors ell...

L'Aiby va assentir.

L'holandès recitava el primer dels tres enigmes.

—Què diu? —va preguntar la Meb.

Vam apropar-nos l'un a l'altra.

—Crec que una endevinalla sobre dos nens que neixen el mateix dia, de la mateixa mare —va traduir l'Aiby.

—Entens la seva llengua? —vaig interrompre-la, meravellat.

—Per força: sóc una venedora d'objectes màgics —va replicar ella—. Entenc totes les llengües dels Esperits.

L'holandès va alçar el to de veu i l'Aiby va traduir la part final de l'enigma, del qual, però, s'havia perdut algunes frases.

—«Ara et pregunto: quants fills són?»

—I ell ha de respondre? —va preguntar la Meb.

—Si respon, en Farla és mort —va xiuxiuejar l'Aiby.

—I, després, què passarà?

—Que el gegant tornarà a ser lliure.

El gegant va esbufegar, va grunyir, després es va donar un cop al pit amb les mans de pedra.

—No ho sap —va explicar l'Aiby.

—I ara?

—Ara, primer, en Farla li ha de donar la resposta, i, després, fer-li la segona pregunta.

L'holandès va tornar a parlar. Va donar la solució del primer enigma i va exposar el segon. L'Aiby va traduir la breu història dels quatre homes i la dona, que jo ja coneixia.

—«Ara et pregunto: de quin color anaven vestits?»

—De negre —vaig respondre per a mi.

Però, una altra vegada, el gegant es va donar un cop al pit amb els punys i va bramar, incapaç de donar la resposta. I l'holandès va començar el tercer i últim enigma.

—Posem que ara tampoc no sàpiga respondre: quina mena d'ordres li podrà donar aquest Farla? —vaig preguntar, mentre l'holandès explicava l'endevinalla del rei i els dos germans.

—Qualsevol cosa i, sense límit de temps, mentre visqui —va explicar l'Aiby.

No sabia què esperar-me.

Vam restar petrificats escoltant l'entrellat de l'enigma, fins a la pregunta que el tancava:

—«Ara et pregunto: quin dels dos va esdevenir rei?»

El gegant va trontollar, es va balancejar. Va arquejar-se cap enrere.

—La sap. La sap —vaig dir jo. I, mentrestant, pensava que jo no la sabia, la resposta. Quin dels dos va esdevenir rei? El fill més jove o el més gran?

El gegant va llançar un udol greu, es va espolsar de sobre algunes pedres i, després, es va inclinar a terra, per veure de prop l'holandès. Va recolzar-se sobre els colzes, poques passes davant d'ell.

—Doncs no... —va murmurar l'Aiby—. No sap la resposta. Ara, per tant, està sotmès a ell...

Vaig tòrcer la boca, perplex.

—És ben desgraciat: roman presoner durant dos segles sota terra i, tan bon punt es desperta, ha d'obeir un holandès boig...

—Xst! —va fer-me callar l'Aiby—. Deixa'm sentir què li ordena fer!

Vam escoltar. I l'Aiby va empal·lidir. Es va aixecar de cop.

—Què passa? —vaig preguntar-li, espantat.

—Farla acaba d'ordenar-li que destrueixi la Botiga Battibaleno!

Nosaltres també ens vam posar drets. I fins i tot la Meb, que ara actuava instintivament, sense fer gaires preguntes.

Amb el puny va colpejar violentament el terra i va estar a punt de fer-nos perdre l'equilibri. La terra va tremolar.

—UAAARGHHH! —va udolar el gegant.

Però l'holandès també va cridar.

—Espera! Mireu! —vaig exclamar—. Està succeint alguna cosa!

El gegant havia aferrat l'holandès i l'havia alçat de

terra. Podíem veure'n les cames que s'agitaven en el buit.

—No m'ho puc creure... —va murmurar l'Aiby.

—Què?

—Unther Farla tampoc no sap la resposta de l'últim enigma. I el gegant se n'ha adonat. Les ordres no són vàlides!

Vaig obrir la boca per la sorpresa.

El gegant també va obrir la seva, de boca. Era enorme i estava plena de dents esmolades.

I aquella va ser l'última vegada que vam veure l'holandès.

Tota la resta va succeir a la velocitat d'un llamp.

El gegant va alliberar-se de la seva presó subterrània, va desfer-se del que quedava de les ruïnes del castell i va sortir disparat cap al bosc, esquivant-nos per pocs metres, sense ni tan sols adonar-se que érem allà. Va obrir-se espai entre els arbres, arrencant-los com si fossin branquillons.

La terra ressonava i trontollava a cada passa seva i la vibració ens feia perdre l'equilibri. Vam córrer cap a la banda oposada i vam anar a raure, rebentats, als camps de la granja dels Dogberry. Des d'allà, per l'horitzó de prats que s'estenia davant nostre, vam veure com la silueta del gegant es retallava en el cel estrellat. Semblava que es dirigia cap al mar.

—Vés, maco, vés... —va murmurar l'Aiby, mentre el colós de pedres s'allunyava de nosaltres—. Ets lliure. Torna-te'n a casa!

Però, de sobte, el gegant es va aturar al carrer de la Costa. L'Aiby va callar de cop. Va arronsar les espatlles.

I alguna part d'ella va semblar que s'ensorrava.

No sé dir quant de temps va restar immòbil el gegant, mirant el mar. Podia sentir com l'Aiby suplicava en veu baixa.

—Torna a casa. T'ho prego. Torna a casa.

Però ell va restar aturat. Després es va girar.

—Merda —vaig dir.

Vaig veure com l'Aiby es balancejava. La Meb va enfonsar les mans entre els seus cabells. El gegant s'havia girat cap al nord, en direcció a la Botiga Battibaleno.

Capítol

VINT

MODISTA AL VOLANT PARE A L'ESPASA NOI A LA MORT

—Més de pressa! Més de pressa! —continuàvem repetint l'Aiby i jo des dels seients de l'automòbil.

La Meb estrenyia el volant i tenia el peu pitjant l'accelerador, esquivant els sots que aconseguia veure.

—AGAFEU-VOS!

I fent el que podia amb els que no aconseguia distingir.

El cotxe corria i xerricava pels camps, sotraguejant cada vegada que el gegant feia retronar les seves passes.

La Meb va fer un cop de volant, va esquivar un clot per pocs centímetres, va canviar de marxa i va donar gas; finalment, vam sortir a l'asfalt de la carretera de la costa. Una vegada allà, sobre el fons llis, ens semblava que corríem sobre mantega.

L'Aiby era la que estava més alarmada. Tenia el cap fora

de la finestreta i no apartava la mirada de la silueta del gegant, que es dirigia cap al promontori de la Cremada. Era una massa negra que s'allunyava, com una porció que mancava del cel.

—Però estem segurs que va a la botiga? —vaig preguntar, abraçat al seient.

La Meb va encendre els llums llargs, els va apagar, els va tornar a encendre. Va donar un cop de volant, fent xerricar les rodes, i va anar de poc que l'Aiby no sortís per la finestreta. Vaig retenir-la pel braç i vaig obligar-la a seure com cal.

Ella va agafar-se les temples amb les mans i va prémer-les com per no deixar que esclatessin.

—T'ho he dit! Tenim un compte pendent amb els gegants!

—I això què vol dir?

Va sospirar, com si la confessió que havia de fer li costés més que les altres.

—És realment una vella història... Una paga que no està liquidada d'una família dels Gegants Errants.

—AGAFEU-VOS!

Vam deixar-nos lliscar cap a una banda i l'altra i, després, l'Aiby va prosseguir:

—No ens volien pagar, i, llavors, un dels Lily en va

desafiar un a una prova d'enigmes. Va guanyar i es va emportar el gegant, dient que el tindria amagat fins que els altres no liquidessin el compte.

—I aposto que els altres no van pagar.

—No i, a més, es van enrabiar fins al punt que van llançar contra ell una vella maledicció del poble màgic: encara ara n'hi ha prou que escoltem alguna nota d'aquell cant per caure presos d'una son irresistible.

—Refia-te'n dels Gegants Errants... —vaig balbucejar.

Hi havia alguna cosa d'emocionant en córrer a tota velocitat per la carretera, amb el mar negre i lluent a la nostra esquerra, les altes muntanyes pentinades d'herba a la dreta i Applecross que s'allunyava darrere nostre.

—Però, com és que sap que vosaltres viviu justament allà, al promontori? —vaig insistir.

—Els gegants són criatures màgiques. Perceben la màgia com un gos ensuma una guineu.

—I tens cap idea de què vol fer? Vull dir... —vaig insinuar— que no està obligat a obeir les ordres de l'holandès, oi?

L'Aiby va brandar el cap.

—No. Però si és realment el gegant que va ser empresonat pel meu avantpassat, crec que deu estar molt enrabiat amb nosaltres...

—M'ho hauria d'haver imaginat... —vaig remugar—. Aquell escrit estrany que es movia a les parets...

—Quin escrit? —em va demanar l'Aiby.

—Al castell. A les parets hi havia lletres incomprensibles que, quan les miraves, es movien soles.

—Estàs dient que has vist com es movien?

—Bé, sí.

—Jo també les he vistes —va afegir la Meb, al volant. Va reduir la velocitat per agafar una corba, posant el comptarevolucions a quatre mil, i, després, va tornar a apretar.

Alguna cosa va passar volant per sobre nostre i vaig treure el cap per la finestra per mirar: era un estol d'ocells en formació.

—Gràcies al cel! —va exclamar l'Aiby, tan bon punt els va veure—. El pare s'ha adonat del perill.

—I llavors? —vaig preguntar, mentre els ocells desapareixien en direcció a Applecross.

—Ha enviat els Teixidors de Somnis —va explicar l'Aiby—. Són els custodis del Bon Son. Cadascun d'ells porta un fil d'or al bec per teixir una xarxa i fer-la caure sobre les cases, de manera que tots dormin profundament. —Va girar-se per mirar-me—. Serveix perquè el poble estigui tranquil, passi el que passi.

—Els feu dormir —vaig dir.

Capítol
VINT

—I somniar, com si tot anés bé... —va somriure l'Aiby.

Vam passar també l'última corba abans del turó. La conducció de competició de la Meb ens havia fet guanyar un bon tros de terreny, i el gegant tot just havia arribat al cartell que assenyalava la cruïlla cap a la Cremada.

A Reginald Bay s'havia alçat un núvol de gavines. La Meb va agafar el camí fins on va poder continuar amb cotxe i, després, vam baixar tots tres a terra, corrent darrere d'aquella criatura monstruosa.

En Locan Lily estava dret, amb les cames eixarrancades, enmig del bosc d'arbustos i de pedres. Anava vestit de manera estrafolària: texans, sabatilles esportives i equipament de cavaller medieval. Els seus llargs cabells rossos eren dins un elm d'aspecte antic, s'atrinxerava darrere un escut rodó i empunyava una llança amb punta de fletxa.

Tan bon punt va veure'l, el gegant es va aturar, onejant indecís entre les grans pedres del seu voltant. Tenia l'expressió d'un nen que observa, encuriosit, un insecte estrany.

El senyor Lily no li arribava ni al genoll, però no va fer ni una passa enrere. Al contrari, va alçar la llança cap al gegant i va dir, amb veu desafiant:

—Torna-te'n d'on has sortit, criatura inhumana!

Mentre ell deia això, l'Aiby i jo corríem per l'espessor del bosc.

La seva veu ens va arribar forta i clara, com la d'un heroi homèric. I l'Aiby va gemegar:

—No, pare! No! No te'n sortiràs de defensar la botiga!

El gegant va agafar una pedra, va arrencar-la de terra com si fos confeti i la va llançar al mar amb totes les seves forces. El roc va desplomar-se a l'aigua negra amb un retruny ensordidor, que la criatura va acompanyar amb un potent bramul:

—AUUURGGGH!

El senyor Lily va romandre impertorbable i va alçar de nou la llança.

—En nom de Gae Bulga —va ordenar—, la Llança del Càstig Mortal, forjada a partir de l'esquelet de Cinchenn el Terror dels Abismes, jo, Locan Lily, t'ordeno que tornis allà d'on has sortit! I que ho facis ARA!

Hi vam arribar també nosaltres. L'aire feia pudor de la terra marcida i putrefacta que el gegant emanava. Al seu costat, el pare de l'Aiby semblava una espiga de blat, un encenall, una llimadura de ferro.

Quan l'Aiby ens va veure, un davant de l'altre, es va tornar del mateix color que la lluna: blanca i immensa.

Capítol
VINT

Vaig haver d'agafar-la del braç i aturar-la per evitar que es llancés enmig de tots dos.

El gegant va fer una passa cap al senyor Lily.

—TU NO POTS AVANÇAR! —va cridar en Locan Lily.

—GHAAUUUGHHH! —va cridar el gegant fent una altra passa.

—Pare! —va cridar l'Aiby.

—Oh, Déu meu! —va cridar la Meb.

—No et moguis! —vaig cridar jo.

Vaig abraonar-me sobre l'Aiby just a temps d'evitar que un altre roc llançat pel gegant volés fins on, un instant abans, hi havia hagut el cap de l'Aiby. Vaig sentir que em fregava l'esquena i el moviment d'aire em va deixar sense respiració. Vaig rodolar de costat, panteixant.

Quan vaig tornar-me a aixecar, la situació havia empitjorat clarament.

Locan Lily estava estirat a terra i semblava un ninot de roba enmig de les pedres. L'elm havia caigut lluny, la llança estava clavada entre els arbres.

—Pare! —va cridar de nou l'Aiby, posant-se dempeus.

Jo vaig notar un segon moviment d'aire i, quan vaig mirar cap a dalt, vaig veure que el gegant es movia i continuava la seva marxa. Quatre passes més com aquelles i ja en veia l'esquena, cada vegada més a prop de la conca d'Eggstones.

Un núvol de gavines volava al seu voltant, envoltant-lo i picotejant-lo contínuament. Ell se'n desprenia a cops de mà, com es fa amb els mosquits.

La Meb va córrer a ajudar el senyor Locan. L'Aiby ja era allà i li aguantava el cap. Vaig veure que era viu, perquè vaig percebre que es movia. Un filet de sang li sortia dels llavis.

—No és res... —va gemegar el senyor Lily—. Però... m'ha... ferit!

—No havies d'intentar aturar-lo, pare! —xisclava l'Aiby—. No ho havies de fer!

La Meb va treure de qui sap on una ampolleta d'aigua i li va donar de beure. Va passar-li les mans pel cos, per comprovar que no tenia res trencat.

—Algú... au! —va dir amb veu ronca el senyor Lily— ... havia d'intentar aturar-lo...

—Però tu no, pare! Tu no! Tu ets un cercador! No ets el defensor de la Botiga Battibaleno!

Jo mirava l'escena des de lluny. De tan lluny que em semblava que era en un altre món.

Contemplava la traça negra i enfervorida del mar nocturn i l'esquena del gegant, que ultrapassava els arbres cremats, coronada per un remolí de gavines; sentia la seva olor pútrida que omplia tot el bosc. I, després, vaig veure la llança clavada a terra, entre dos troncs de fusta carbonitzats.

El cor em bategava al pit com un tambor. No ho dic per dir. Em bategava realment com un tambor. No era un batec confús o espantat, era un ritme ben cadenciós. Com una marxa. Com l'avenç d'un exèrcit.

I així, sense ni tan sols adonar-me'n, vaig arribar on era la llança i vaig agafar-la de terra. Vaig trobar-la lleugera i ben equilibrada i vaig veure que estava tallada d'un únic os, revestit amb un arabesc de metall. La fulla estava eriçada de dents esmolades, que resplendien raigs en la nit.

Em vaig trobar mirant-los un per un, fascinat. I vaig sentir que el meu cor ressonava compassat amb aquell metall, fiblat per aquella llarga asta d'ivori.

—Gae Bulga —vaig murmurar, i el so del seu nom vertader va ser com una descàrrega de foc, que em va recórrer l'esquena i em va fer estrènyer encara més els dits al voltant de l'asta. Vaig creure tenir davant els meus ulls la figura d'un monstre dels abismes, el Cinchenn de la mitologia irlandesa; després, l'heroi Cúchulainn en un remolí de tempesta i, finalment, un arrasat camp de batalla, on els morts entonaven una lúgubre melodia. Vaig veure la sang que...

—Finley? —va preguntar l'Aiby arrencant-me bruscament de les visions que la llança m'havia provocat—. Què fas?

Li vaig clavar la mirada. Després vaig mirar la Meb, agenollada a terra, i, finalment, en Locan, l'expressió impotent del qual em va semblar gairebé còmica.

—D'això me n'encarrego jo —vaig dir.

—Finley, què et passa?

—Passa'm l'escut, si us plau —vaig afegir.

Vaig girar-me cap al gegant, que mentrestant havia arribat al final del camí, allà on girava per dirigir-se cap a la casa vermella.

L'escut de fusta va rodolar fins als meus peus.

Vaig ajupir-me, vaig agafar-lo, vaig posar-me'l a l'avantbraç i vaig dir, amb una veu que no era la meva, sinó que pertanyia als herois que havien usat aquelles armes abans que jo:

—És el moment que observeu com es lluita, senyores. I que aprengueu com es fa.

XARXA *dels* SOMNIS

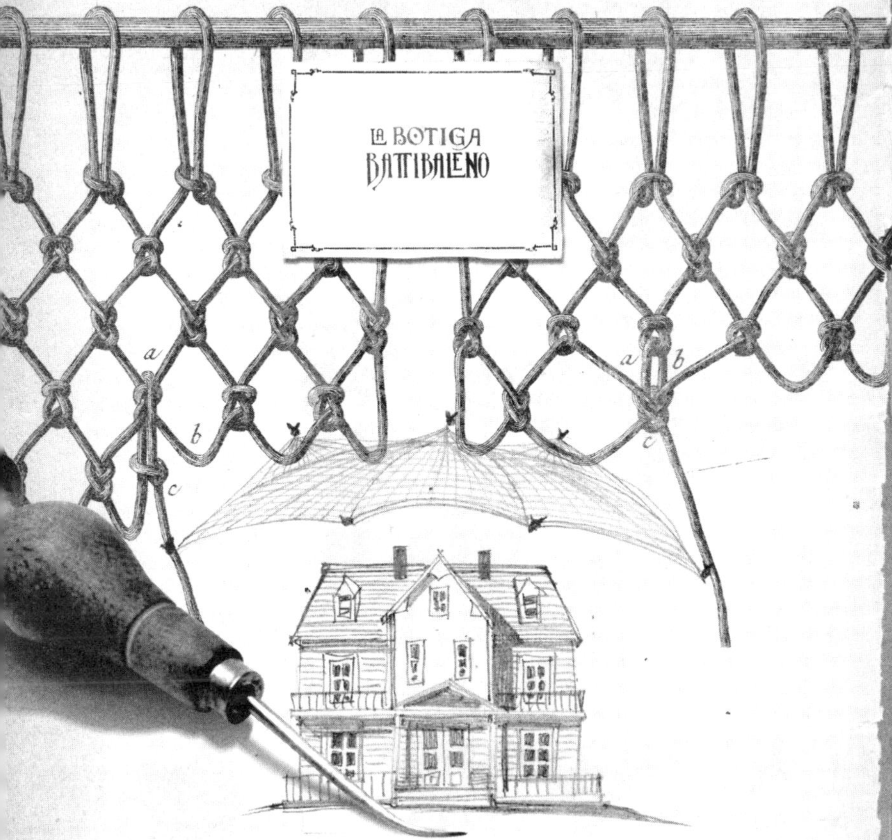

La Xarxa dels Teixidors de Somnis és formada per un entrellat de fils d'or, d'espessor molecular, i pot ser alçada i transportada tan sols per ocells específicament entrenats per a això. Les xarxes, llançades pertinentment sobre una cambra, permeten protegir-la de somnis desagradables i de nefastes influències psíquiques, i afavoreixen la producció de somnis plaents.

Capítol

VINT-I-U

L'ESPASA LA GUERRA ELS ALIATS

Vaig travessar el bosc saltant de pedra en pedra i, quan vaig arribar a l'amfiteatre, vaig capbussar-me entre els rocs, rebolcant-me d'esquena, amb la idea d'avançar-me al gegant. Estava a recer, al costat més al nord de la badia, allà on sabia que hi havia la casa vermella de la Botiga Battibaleno, mentre la criatura es trobava al mateix punt si fa no fa en el qual, una setmana abans, jo havia aparcat la bicicleta d'en Jules.

D'allà fins a la botiga, per a ell, devien ser no més de deu passes, però era precisament aquell el meu únic avantatge. Aquelles passes i les gavines, que continuaven molestant-lo. Estava més decidit que mai a aprofitar-me'n.

Vaig ignorar les esgarrinxades de les pedres que em queien a sobre durant el descens, mentre la immensa silueta del gegant s'apropava per la meva esquerra. Volia trobar-me entre ell i la Botiga Battibaleno a temps per poder-lo ferir.

Pum!

Pum!

Pum!

Les seves gambades ressonaven a la badia.

Cada vegada que posava el peu a terra, totes les roques en forma d'ou vibraven al seu voltant com ornaments nadalencs. Res d'anar amb compte. Era Cúchulainn. Era l'heroi de Gae Bulga. Era invencible.

Vaig llançar-me a terra, vaig saltar, vaig lliscar i, finalment, vaig aterrar davant la casa. I davant el gegant.

—Ei, mico! —vaig cridar alçant la llança en direcció cap a ell.

El gegant es va aturar. Les gavines volaven al seu voltant. Jo estava completament engolit per la seva ombra. Vaig brandar la llança a banda i banda, enfurit. Vaig aferrar l'escut. I tan bon punt vaig haver-ho fet, també l'escut va començar a parlar-me. O, més ben dit, a parlar a través de mi.

—Enrere! Enrere! —cridava—. Fuig ben de pressa, menjamocs, que no ets més que això!

Jo vaig ser el primer de meravellar-me pel que havia dit,

però era com si al meu cap tingués un diccionari sencer d'insults i noms nous, que empenyien per sortir-me de la boca.

I jo els vaig deixar fer:

—Vés-te'n a casa, a fer el cràpula amb els teus parents, llepafang! A què esperes, cap de suro? Mira que per socarrimar-te les natges estic disposat a cridar Atlant, Goliat, Eeció, Encèlad, Adamast, Agató, Gabbarà, Artaxerxeu, Oromedó, Gemmagog, Fracassus, Papamosques, Bolivorax, Gallof, Engolavent, Sarnós, Miralangot, Roboastre, Sortibrant, Malbrú, Granganyot i Gargantua!

Aquella inacabable rastellera d'improperis sortia tota de l'escut, que era màgic com la llança, però, tot i que va ser forjat per servir un heroi irlandès, havia estat fabricat per a l'aniversari d'un gegant bromista, l'esperit del qual, ara, lluitava al meu costat.

Fos quin fos el motiu de tant coratge, el gegant semblava clarament impressionat. Tant que... es va fer enrere.

Talment així. No va fer una, sinó dues passes enrere. I jo vaig abandonar qualsevol reserva.

—A casa! Mort de gana, escura-xemeneies, a casa! Pelacanyes, il·luminat, gallina, toca el dos! Escorxador de cavalls morts, pescagranotes, escuraplats, desapareix! Venedor de fum, maldestre, enllustra-sabates, caçarates, dissol-te per sempre!

Tanmateix, ell, el gegant, aquelles dues passes enrere les havia fetes només per veure'm millor i prendre bé les mides per ferir-me. Va posar una manota a terra, però una altra vegada va ser massa lent i previsible, i vaig tenir temps per saltar de costat i clavar-li la llança al braç. La fulla va enfonsar-se en la pedra i les seves dents van produir una lacerant cascada de guspires.

—MUUUAAAGHHH!! —va udolar el gegant retirant-se ràpidament.

Vaig trobar-me volant, agafat a la llança introduïda al braç del gegant. Tan bon punt el vertigen va deixar-me temps per decidir què fer, vaig regirar la llança i vaig saltar.

L'impacte a terra va ser horrorós. Sentia que tot ressonava. Vaig obrir els ulls i vaig trobar-me sobre el camp ple de pedres.

Vaig percebre un moviment i vaig veure que el gegant, furiós per la ferida que li havia infligit, m'havia situat i havia alçat una cama per esclafar-me.

Estava venut. No hauria estat mai a temps d'escapar rodolant. Vet aquí, la fi. I sense ni tan sols veure passar els millors moments, perquè no va venir-me'n al cap ni tan sols un.

Tanmateix, vaig estar de sort.

Vaig trobar-me sota el peu del gegant. Vaig notar com

Capítol
VINT-I-U

em queien sobre la cara trossos de terra i la pressió de la sola sobre la meva esquena, però no havia estat esclafat. Quan el gegant havia baixat el peu, una pedra havia rodolat al meu costat i se li havia encastat a sota, mantenint-lo elevat tot just el que bastava per salvar-me la vida. Vaig veure una esquerda de grava blanca, de costat, i vaig apartar-me'n arrossegant-me, ràpid com un llamp.

L'havia esquivat. Sobre el meu cap hi havia de nou el cel. I en aquell moment vaig sentir bordar. Va ser com una alenada d'aire fresc.

—PEDAÇ! —vaig cridar, i vaig veure que el meu gos saltava amb valentia al turmell del gegant i el mossegava com ho hauria fet una paparra amb un gos pastor. No estava sol. Amb ell hi havia en Doug, armat amb un fusell de balins del pare. Havia estat ell qui havia empès aquella pedra.

En Doug! El meu germà.

—Deixa estar en Finley, raça de monstre, que no ets res més que això! —va bramar. I, després, girat cap a algú que, segons ell, ens estava observant des de la Cremada, va afegir—: No tinguis por, WILMA! En Doug ha arribat per salvar-te!

Va alçar el fusell i va disparar un doble pam, pam!

El pit del gegant va ser travessat per una ventallada

d'estelles de pedra i guspires, mentre els balins de plom dels cartutxos volaven en totes direccions.

Va seguir un llarg moment de silenci, en el qual el gegant va restar immòbil mirant-se el pit que treia fum, sorprès pel que li acabava de succeir.

A la segona ràfega de trets, es va tapar les orelles, com si el molestés el soroll dels trets, més que no pas la pólvora i els balins de plom. I, mentrestant, en Pedaç no li deixava anar el turmell.

En Doug va carregar al vol i va tornar a tancar l'escopeta de dos canons amb un únic moviment de braç.

Ta-clac!

I va disparar a la babalà cap a dalt amb un soroll eixordador.

El gegant no ho va suportar més: va anar-li al damunt com un camió en fuga. Va deixar anar una descarrega de cops entre les pedres que hi havia al nostre voltant, girant com un molí els punys. En Doug va sortir disparat contra la casa vermella i la seva escopeta de dos canons va rodolar lluny. En Pedaç, pobre, va retrobar-se a la banda oposada de la badia, al costat d'una gavina molt alarmada.

Mentrestant, jo m'arrossegava de panxa a terra, mirant de recuperar la llança. Però, on havia anat a parar?

Em va semblar veure-la al final del camí, prop de la

Capítol
VINT-I-U

Botiga Battibaleno. Vaig arrossegar-me amb els colzes damunt la grava al més ràpid que vaig poder, però, tot just quan ja em pensava tenir-la agafada, vaig notar una queixalada que m'atrapava i em vaig trobar de nou pels aires.

M'havia agafat!

Vaig veure que cel i terra canviaven de lloc, com en la pitjor de les atraccions d'un parc, i, un instant després, vaig tornar-me a trobar mirant de molt a prop l'ull dret del gegant. Era blanc, lletós, sense pupil·la.

Va examinar-me com es fa amb una mosca sense ales, després va obrir les mandíbules i vaig quedar amarat pel seu alè pudent. «Hauria de desmaiar-me», vaig pensar, «així, tot seria més indolor», però, tanmateix, no vaig desmaiar-me: vaig recobrar les forces per alliberar-me i potser, d'alguna manera, vaig fer-li pessigolles, perquè el gegant s'estremia com si trobés molt divertida la meva agitació, i va decidir mirar-me una altra vegada.

—FEM UN PACTE! —vaig cridar amb l'últim fil de veu que em quedava a la gola—. T'AGRADEN LES ENDEVINALLES, OI?

L'enorme ull lletós es va tancar i obrir.

—LLAVORS, ESCOLTA AQUESTA... ESTÀ... ESTÀ PERMÈS A UN ESCOCÈS CASAR-SE AMB LA GERMANA DE LA SEVA VÍDUA?

El gegant va alçar-me i va tornar a abaixar-me fins a l'alçada dels seus ulls, perplex.

—I DONCS? —vaig insistir—. QUÈ? LA SAPS O NO LA SAPS, LA RESPOSTA?

Vaig notar com els seus dits deixaven lleugerament d'estrènyer-me. Vaig tornar a respirar.

—Et deixo pensar un mica més... —vaig cridar—. Però no et facis el llest amb mi!

—Finley! Vine aquí! Finley!

Era en Doug. Només ell podia pensar que m'estava allà voluntàriament, deixant-me esmicolar per la mà del gegant.

—CINC! —vaig comptar—. QUATRE!

Vaig tancar els ulls.

—TRES! DOS! UN!

I què va succeir?

Vaig sentir l'aire fred sobre la pell, com quan et llances de molt a munt i, després, els dits de pedra del gegant van obrir-se, jo vaig relliscar i vaig caure. Vaig trobar-me de peus a terra, sobre el camí de pedres. Vaig trontollar i en Doug va arribar per socórrer-me.

—Què li has fet? —va preguntar-me.

—L'endevinalla de l'escocès.

—I ara? —va insistir ell.

Capítol
VINT-I-U

Hauria volgut fer-li mil preguntes: com s'ho havia fet per arribar fins allà? I salvar-me la vida? I també hauria volgut confessar-li que la Wilma en realitat es deia Aiby... Però no hi havia temps per a aquesta mena de coses.

—Ara haig de donar-li la resposta —vaig dir tornant a posar-me davant del gegant.

Era un desafiament entre ell i jo.

Vaig alçar els braços i vaig cridar:

—L'escocès no pot casar-se amb la germana de la seva vídua, perquè, si ella és vídua, significa que l'escocès ja és mort!

Silenci.

—Ho has entès?

El gegant va agitar-se, va fer un dels seus brams de disgust, va arronsar les espatlles com si la cosa l'hagués divertit i, amb un moviment inesperat, va seure sorollosament a terra.

—I ara? —va preguntar encara en Doug, que, em feia l'efecte, mirava desesperadament al seu voltant cercant la Wilma.

Jo vaig espolsar-me la samarreta, vaig fer un senyal a en Doug perquè no s'amoïnés i vaig avançar entre les cames del monstre de pedra, mirant-lo de fit al mig dels ulls.

—Ara haig de dir-n'hi una altra —vaig dir amb un sospir.

L'ESCUT DEL DESAFIAMENT

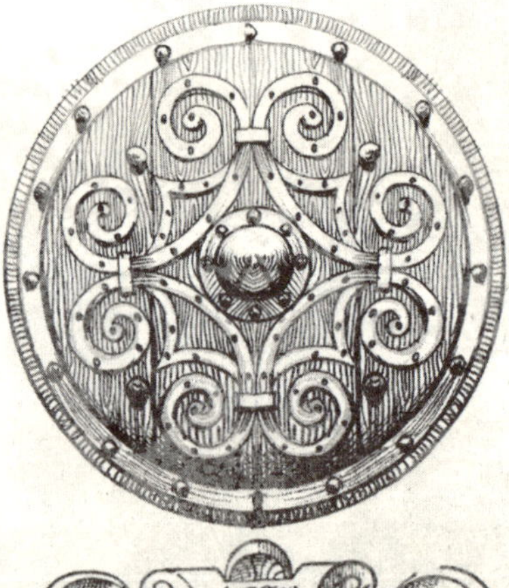

L'Escut del Desafiament, anomenat també el Fanfarró, és format per un robust anell de metall que circumda un fragment de la gerra de fusta del gegant Pantagruel, actiu a Espanya a mitjan segle XVI. L'escut ha absorbit del propietari original la capacitat d'exhibir supèrbia mitjançant fanfarroneries, insults, bromes i expressions irritants, per tal de treure profit de l'enemic.

Capítol

VINT-I-DOS

EL GAT
EL GERMÀ
EL PREMI

Jo i les endevinalles sempre havíem estat enemics. Encara més que les matemàtiques o les llengües estrangeres. Sí que m'agradaven una mica, però a la meva vida mai no havia aconseguit resoldre'n ni una i, encara menys, recordar-les. Era com amb els acudits. No era com en Jack Tornado, que podia explicar-ne cinquanta, l'un darrere l'altre, i et deixava atordit per les rialles. A mi m'entraven per una orella i em sortien per l'altra.

I així, quan vaig trobar-me en presència d'aquella muntanya de terra i pedres pudent, que em mirava esperant un segon enigma, vaig posar-me a pensar desesperadament.

Però res. No me'n venia ni una al cap.

El no-res absolut.

Ara veia l'Aiby al capdamunt de la cala, els cabells rossos del seu pare, a una banda, i els foscos de la Meb, a l'altra. Sentia en Doug a poques passes darrere meu, massa espantat per avançar.

«Maleïts moment èpics», vaig pensar. «Només succeeixen a les pel·lícules, i només al final.»

Precedit d'un sorollet de pedres remogudes, vaig trobar-me en Pedaç assegut entre els peus.

—Hola, gosset —vaig somriure-li—. Ho saps que ens trobem en un mar de problemes?

Ell va regalar-me la seva habitual expressió tranquil·la, fent-me entendre que ja li estava bé. I que no hi havia cap amo al món millor que jo.

O potser va ser això el que jo vaig voler veure-hi, quan en realitat en Pedaç intentava fer-me saber que tenia gana i que volia tornar a casa. Però n'hi va haver prou per ferme venir al cap una segona endevinalla.

—Escolta'm bé, gegant... —vaig començar amb la veu tremolosa pel dubte—. Quina és aquella cosa...

I després vaig pensar: «Atura't ara que ets a temps, Finley. Estàs a punt de plantejar a un gegant de pedra una endevinalla que no té cap sentit. Ni tan sols és una endevinalla de debò. La resoldrà i se't menjarà d'una sola queixalada.»

Capítol VINT-I-DOS

Però no tenia alternativa; així, doncs, vaig treure forces d'on vaig poder i vaig continuar:

—Què és allò que és gros com un gat, pelut com un gat, té cua com un gat, potes com un gat, bigotis com un gat, caça ratolins com un gat, però no és un gat?

Fet. Ja l'havia dita. I, ara, la meva vida, la de tots els altres i la sort de la Botiga Battibaleno, eren a les mans del gegant.

Ell va inclinar el cap a un costat i, després, cap a l'altre. Recolzà la barbeta sobre la mà i va fer un llarg sospir pensarós.

No m'ho podia creure. No la sabia.

Sentia que al nostre voltant el temps s'escolava amb un silenci tal que em va semblar que el mar s'havia congelat i que les estrelles grataven el cel mentre es movien.

—Cinc... —vaig començar llavors a comptar, amb el palmell obert.

I després vaig dir quatre, tres, dos, un.

I, tan bon punt el gegant va agitar-se per saber la resposta, vaig desvelar-li:

—És una gata.

—Oh, merda —va murmurar en Doug—. Ara s'enrabiarà.

Jo vaig somriure, paralitzat.

El gegant, després d'una immobilitat inicial, va començar a sacsejar les espatlles i a obrir la boca de manera estranya.

No m'ho podia creure: estava rient.

El monstre va inclinar-se i amb una mà va donar-me un copet que de poc no em fa rodolar daltabaix de l'escullera. I després va dir:

—Maaagggh!

Que significava: 'la tercera endevinalla'.

Vet aquí. Preparat.

Per més que m'hi esforçava, només me'n venia al cap una. Una única maleïda endevinalla, que recordava perquè l'havia sentida dues vegades aquell mateix dia. Ja era gairebé mort.

Vaig pensar una altra contalla, un joc de paraules, un enigma, un trencaclosques, qualsevol cosa que no fos precisament aquella endevinalla, però res a fer.

—Finley? —va xiuxiuejar-me en Doug, amoïnat.

Vaig notar que el gegant també començava a impacientar-se.

—La tinc, Doug, no t'amoïnis —vaig mentir, fent una gran respiració.

—Quina és? Quina és?

Capítol
VINT-I-DOS

Era l'única que sabia. L'últim enigma de l'holandès. Vaig alçar les mans i vaig tornar a proposar al gegant la contalla del rei i dels seus dos fills. O, si més no, part del que recordava.

—Hi ha un rei que té un gran regne i dos fills, un de gran i un de petit, i, llavors, els diu: «El fill el cavall del qual arribi últim a aquella casa d'allà... ocuparà el meu lloc.» El fill petit agafa un cavall i galopa rapidíssim fins a la casa i... ja està, hi arriba. Ara et pregunto: quin dels dos fills va prendre el lloc del pare i va esdevenir rei?

Va semblar que el gegant es recordava d'aquella endevinalla, a la qual ja havia provat de respondre aquell mateix dia, i va intentar de nou trobar la solució.

Jo, mentrestant, feia el mateix. Perquè tampoc no la sabia, jo. «Ànims, Finley. Te'n pots sortir.»

—Doug? —vaig murmurar. Ell havia resolt l'enigma dels vestits negres en un segon. Però, res, el meu germà no semblava sentir-me: havia emmudit per l'ensurt i no em responia. Me n'havia de sortir tot sol.

Un rei. I dos fills. L'últim que arriba a la casa amb el cavall esdevé rei. El més jove agafa un cavall i galopa. Llavors venç l'altre, per força. Però... Per què sembla tan fàcil? Per què el germà petit s'afanya a agafar el seu cavall i a galopar? Potser perquè no vol esdevenir rei i prefereix ser futbolista?

Per força hi havia d'haver una trampa.

Però, quina?

El gegant esbufegava i s'agitava, i jo ja hauria d'haver començat el compte enrere. Només que... Encara no tenia la resposta.

Vaig pensar en el meu pare com si ell fos el rei. I en mi i en Doug com els dos germans. En Doug era el gran i era estúpid. Jo era el petit i era el geni. Llavors, per què jo, el fill petit, agafo el cavall i galopo el primer fins a la casa, si esdevé rei el segon que hi arriba? I en Doug, en canvi... en Doug...

—Cinc... —vaig començar a comptar lentament.

Si jo hagués estat el fill petit, en Doug hauria perdut el seu regne, sobre això no hi havia dubte.

—Quatre...

Però potser en Doug hauria pogut merèixer el regne. No era tan dolent. Era fort. Era valent, agradava a les noies i jugava bé al rugbi.

I m'havia salvat la vida. I només per impressionar la... Wilma.

—Tres...

Vaig somriure, perquè el germà petit era el més espavilat.

Capítol
VINT-I-DOS

Per tant, si en la historieta agafava un cavall i galopava el primer a la casa era perquè...

—Dos...

Perquè...

—Un...

Bé. Era senzill, el perquè. No agafava «el seu» cavall. Agafava «un» cavall.

—Mira, amic gegant... —vaig respondre—. El regne va a parar a mans del germà petit perquè el germà petit no agafa el seu cavall. Agafa el cavall del germà gran i amb ell galopa fins a la casa. I, així, està segur que el seu cavall arribarà l'últim a la casa. I que el regne serà seu.

Ve-t'ho aquí.

Vaig abaixar lentament els braços.

El mar.

El cel estrellat.

I la casa vermella.

El gegant de pedra va remugar, satisfet. Després es va moure matusserament sobre el camí, en una immensa contorsió d'articulacions, i es va inclinar davant meu.

El tenia només a una passa, immòbil. A l'espera.

En Pedaç va bordar-lo.

Des del camí a sobre nostre vaig sentir que l'Aiby

exclamava alguna cosa i vaig veure-la que corria cap a nosaltres, amb la Meb i el seu pare.

El meu germà se'm va apropar i em va preguntar:

—Què li ha passat?

Tres enigmes.

Tres solucions.

El pacte s'havia tancat.

—Espera que jo li doni una ordre —vaig murmurar, espantat.

—Valent! —va exclamar en Doug. I, després, al cap d'un moment—: I tu quina ordre vols donar-li?

El gegant respirava a poc a poc i esperava. Havia esperat sota terra durant centenars d'anys. Havia estat alliberat per un holandès boig que volia ordenar-li que destruís la Botiga Battibaleno. I havia estat empresonat per culpa d'aquella botiga i per un deute del qual ni ell ni jo no havíem entès res.

Els Lily estaven corrent cap a nosaltres. Però jo volia decidir-me abans que arribessin. Abans de sentir els seus consells. Volia decidir-ho jo.

Vaig posar-li la mà sobre el cap i li vaig dir:

—Vés-te'n a casa, gegant... —Tenia la veu lleugera, com de paper de còpia—. T'ordeno ser lliure i tornar amb la teva família. T'ordeno que no facis mai més mal als Lily ni a la resta d'homes. El deute amb la Botiga Battibaleno ha expirat, i ningú no deu res a ningú.

El gegant va alçar lentament el cap.

—Ets lliure —vaig repetir.

Però ell no semblava creure-s'ho, així que vaig afegir:

—Sigues valent. Tant és si ets alt i gros: o ho ets o no ho ets.

El gegant es va aixecar i va mirar el mar. I, per sort, ho era, de valent.

Vam estar en silenci mirant-lo mentre descendia matusserament al mar i s'allunyava de la costa, fent-se cada vegada més petit. Érem dempeus un al costat de l'altre, davant la Botiga Battibaleno. La Meb, en Locan, en Doug, l'Aiby i jo. I, quan el gegant va ser molt i molt lluny, va girar-se una última vegada cap a nosaltres i va alçar un braç per acomiadar-se.

—Adéu! —va acomiadar-se el senyor Lily.

L'Aiby mirava el mar encrespat amb els ulls que li brillaven per les llàgrimes i, quan el gegant ens va saludar, va moure els dits de la mà per buscar els meus.

Va fregar-los. I va estrènyer-los.

L'únic que se'n va adonar va ser en Pedaç. Va alçar el morro i es va recolzar a la meva cama, engelosit.

Vam restar així una bona estona, fins que el gegant ja no es veia al mar.

—Quina història, eh, Wilma? —va murmurar en Doug.

Capítol VINT-I-TRES

CALMA AL POBLE EL CONVIT A LA FESTA LA CLAU D'OR

Al poble no s'havien adonat de res. Havien dormit i somniat, protegits per les xarxes que els Teixidors de Somnis havien calat sobre els sostres de les cases. Així, doncs, no vam haver d'explicar res a ningú.

L'Aiby volia emprar l'esborra-records Pound amb el meu germà Doug, però jo vaig convence-la que no ho fes. En Doug havia estat valent. M'havia salvat la vida. I ens l'havia salvada a tots nosaltres, per molt que la seva temptativa havia estat intentar abatre un gegant de pedra amb un fusell de doble canó, com si fos un senglar una mica massa gros. Però vaig pensar que no seria just que no recordés res en absolut d'aquella nit increïble.

—És més... —vaig confessar-li—. Et sap greu si et continua dient Wilma?

Per la meva banda, vaig tornar als meus assumptes amb mossèn Pròsper i l'oficina postal, i vaig posar-me a estudiar amb atenció el comportament de tots els meus veïns del poble que em semblaven haver pres part en la història. El mestre del cor, que havia escollit el *Cant dels gegants del mar*, el senyor Everett, que havia redactat la llista de noms en la qual apareixia el dels Askell, l'altra misteriosa família de botiguers, i la directora Rozenkratz, que m'havia suspès.

Mai no es va trobar el ganivet de l'holandès.

No van arribar més missatges embotellats.

Quan podia, anava a pescar, però estar-me tot sol al riu m'agradava cada vegada menys. Acaronava en Pedaç i li feia llargs discursos que ell semblava entendre perfectament. Però la veritat és que continuava pensant en l'Aiby. I, tot i que odiava admetre-ho, quan no hi era, l'enyorava.

Pocs dies després de l'aventura del gegant, a la Botiga Battibaleno semblava que tot estava preparat per a la inauguració, i els primers convidats es van presentar al poble. Persones provinents de tot el món passejaven pels carrerons d'Applecross, examinaven els aparadors, formaven grupets. Alguns se saludaven emotivament. Els McStay van registrar el seu primer i únic complet en la història de l'hostal i, durant un cap de setmana sencer, la cuina del restaurant va servir sopes del dia i cuixa de porc adobada.

Els Lily van tenir la bona idea de convidar tot el poble a la inauguració de la botiga. Jo mateix vaig lliurar les invitacions, que deien:

La Vostra Senyoria
està convidada
a la festa de reobertura
de la Botiga Battibaleno

Fins i tot vaig convèncer els meus pares perquè hi participessin.

Les enraonies sobre com seria la festa es van fer ben aviat incontrolables. Es deia que, gràcies als hostes xinesos, hi hauria focs artificials magnífics. Es van veure vorejar per la costa tres velers, un clar senyal de l'arribada de misteriosos aventurers del mar. Les dones d'Applecross van omplir el saló de bellesa de la senyora Ivana. La Meb va tenir feina arreglant els vestits de mudar de tot el poble i en Seamus va tenir un encàrrec extra de màquines fotogràfiques i càmeres de filmar per immortalitzar l'esdeveniment.

Els McBlack van ser els únics que no s'hi van presentar. L'última vegada que se'ls va veure al poble va ser per al funeral del pobre senyor Dogberry, on jo no vaig poder evitar apreciar els vestits negres dels quatre enterramorts.

La inauguració estava fixada per a les 17.17, però l'Aiby m'havia demanat si podia presentar-me una mica abans per donar-li un cop de mà amb els preparatius d'última hora. Vaig arribar una hora abans amb en Pedaç i la bici d'en Jules, els pantalons de mudar arremangats amb una pinça perquè no s'embrutessin en fregar amb la cadena i un ramet de flors que havia collit al torrent, que mirava de dur amb indiferència, amb el resultat que l'empunyava com un bastó.

A la cruïlla del camí ja vaig veure que el senyor Lily havia arreglat les coses: les restes del combat i del pas del gegant per allà havien estat astutament amagades i el bosc de la Cremada era ple de nous matolls, alzines i arbustos que verdejaven.

Em vaig adonar que havia arribat un globus aerostàtic, que estava fondejat al promontori.

Tot just va veure'm arribar, l'Aiby va córrer al meu encontre. No l'havia vista mai tan bonica. I vaig emocionar-me tant de veure-la feliç per la meva arribada que m'hauria pogut desmaiar allà mateix. Tenia milers de coses per dir-li, però vaig posar el ramet de flors enmig de nosaltres abans que ella no pogués ni tan sols pensar a abraçar-me i vaig deixar anar el millor compliment que va venir-me al cap. Una cosa del tipus: «Renoi, Aiby. Per un instant no t'havia reconegut!»

Perquè, en efecte, s'havia arreglat molt. Duia un vestit gris que s'estrenyia a la cintura amb un llaç ben gros i unes ballarines que brillaven. S'havia recollit els cabells amb una llarga cua i duia unes arracades minúscules de perles.

Era realment una princesa, sota la qual bullia una noieta rebel.

—No ho havies d'haver fet, Finley! Les flors! —I per com va ensumar el meu ridícul ramet em va quedar clar que i tant que ho havia d'haver fet! Vaig deixar que m'agafés de la mà i m'acompanyés a la botiga, com si no conegués el camí.

També la Meb estava molt elegant, amb un vestidet de flors groc i blau.

Els Lily havien posat un seguit de tauletes de cara a l'escullera i les havien cobert de plats i gots. Una delicada brisa que bufava del mar feia onejar les puntes de les estovalles de quadres.

—Benvingut, Finely —em va saludar el pare de l'Aiby, amb la seva manera de fer vagament misteriosa.

—Senyor Lily... Meb...

La jove modista em va fer notar que encara duia la pinça als pantalons i jo me la vaig treure tot vermell.

—Llavors, procedim? —va preguntar el senyor Lily a l'Aiby.

«Procedim?»

Ella va desaparèixer dins la botiga i poc després va sortir-ne amb dues capsetes de fusta lacada.

—El pare i jo n'hem parlat molt aquests dies... —va començar. I va cercar la mirada evanescent del seu pare per obtenir una confirmació.

Ell va aterrar de la distància sideral en la qual ja s'havia perdut, la va mirar, ens va mirar a nosaltres i va assentir.

I, així, l'Aiby va posar una capseta a la mà de la Meb i una altra a la meva mà.

—Això no és només un agraïment per haver-nos ajudat... amb el gegant. I per haver salvat la botiga, la nostra família i les dels altres botiguers... —va dir—. És una manera de fer-vos entendre com apreciem el que heu fet per nosaltres.

La Meb i jo ens vam mirar, indecisos. Havíem d'obrir la capsa?

Capítol
VINT-I-TRES

—L'Aiby m'ha dit que heu aconseguit llegir l'Encanteri —va afegir en Locan Lily en aquell moment.

Com que no ho entenia, l'Aiby em va ajudar.

—Al vell castell... Les lletres que es movien soles...

—Ah, allò —vaig respondre sortint del tràngol.

L'Encanteri. Així es deia la llengua màgica?

—És cert que l'hem llegit... —vaig somriure—. Però no hem entès pràcticament res.

Els Lily van riure davant d'aquella resposta, que era una mentida, perquè havia llegit el seu nom, traçat sota una calavera.

—S'ha de practicar molt, com amb totes les coses... —va dir l'Aiby, fent-se una mica la interessant. I ens va convidar a obrir les capsetes.

En la de la Meb hi havia una clau d'or amb l'empunyadura en forma d'abella.

—T'estem demanant que siguis una amiga de la nostra botiga, Meb... —va explicar-li l'Aiby—. Perquè et necessitarem. Cerquem una reparadora: una persona que sàpiga com arreglar els objectes màgics que es trenquen i ja no funcionen. I hem pensat que aquesta persona podries ser tu.

La Meb no va respondre, però va agafar la clau entre les mans i va prémer-la acostant-se-la al pit.

Dins la meva capsa hi havia una clau d'or amb l'empunyadura en forma d'escorpí.

—Per a tu, Finley, i pels mateixos motius, per la valentia que has demostrat a l'hora d'enfrontar-te al gegant i per com les Armes t'han reconegut com a Heroi seu... —L'Aiby va abaixar el to de veu, emocionada, i jo hauria volgut dir-li en aquell moment que no havia de dir-me res més, que ja estava bé així, que acceptava, però no vaig tenir forces per dir ni piu davant el seu pare i la Meb, així que vaig mirar la clau, després la punta de les meves sabates i vaig esperar la resta del discurs.

—...T'oferim la clau de l'audàcia, perquè tots nosaltres ens sentiríem molt més segurs si tu volguessis ser el nostre defensor...

Va seguir un llarg moment de silenci, en el qual tots quatre vam descobrir-nos paralitzats per les emocions. Que, d'altra banda, no són res més que la forma més senzilla, i complexa, de màgia.

Qui havia de parlar? I per dir què? Els Lily ens estaven demanant que fóssim socis del negoci o era alguna cosa més? Era un lligam de família, de botiga, de sentiments?

—Jo... no sé què dir... —vaig replicar, perquè era veritat.

I, com que hi havia una sola persona que podia saber-ho,

vaig ajupir-me i vaig fer ensumar la clau de la Botiga Battibaleno a en Pedaç.

—Escolta'm un moment, Pedaç... —vaig dir-li—. Què en penses? Acceptem?

El meu millor amic va olorar-la a fons i, després, em va mirar, regalant-me dos forts lladrucs satisfets. Estava decidit.

I, quan la Meb també va acceptar ajudar la botiga a reprendre l'activitat, l'Aiby i el seu pare van intercanviar-se un sospir de satisfacció.

—Ara sí que ja estem a punt de debò —van dir, i ens van convidar a entrar, per primera vegada, a la Botiga Battibaleno.

Les claus de la
BOTIGA BATTIBALENO

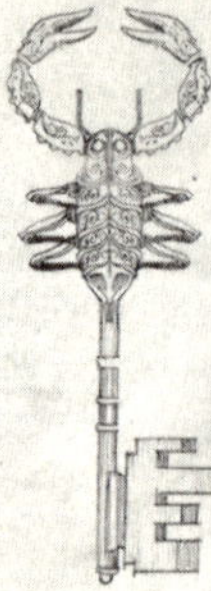

Les quatre claus d'or en forma de grill, escorpí, abella i escarabat permeten obrir la porta d'una Botiga Battibaleno. Segons l'estudi de l'erudit italoanglès Marius Pasqua Late, en la seva obra inacabada De Puntualitate Misteri, *les quatre claus s'assemblen a les Claus del Temple de Raymond Moore, un autor del segle XVIII, que en parla en el seu llibre* Breu examen científic de les vuit portes de Cornualla. Curiositat d'enginyeria i somni de l'espanyaportes. *Se'n suposa un origen comú, no pas menys que fantàstic.*

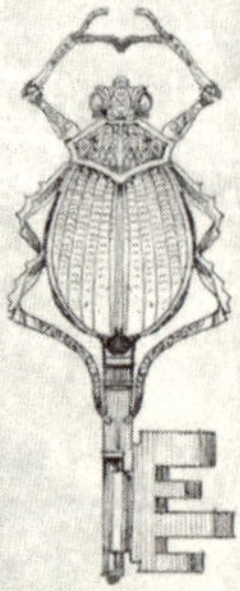

EPÍLEG

A aquestes altures no cal explicar com va anar la festa. Només us cal saber que va durar fins ben entrada la nit i que van haver-hi focs artificials: els van llançar sobre el mar perquè fossin el doble d'espectaculars. Hi havia més de mil convidats, però l'arsenal de cassoles màgiques de la botiga va deixar satisfet tothom. Nombrosos convidats es van presentar amb barca, alguns en carrossa i un, potser ja ho he esmentat abans, en globus aerostàtic. Hi havia molts col·leccionistes estranys d'objectes màgics, homes i dones, grans i petits, d'edats indefinibles.

Va ser un espectacle de colors, de llengües, de vestits, com si cada racó i poble del nostre planeta hagués escollit un exemplar especial per enviar-lo aquell vespre a representar el seu esplendor.

En Pedaç els bordava tots, sense excloure'n cap, i corria entre les taules amb la cua dreta, per assegurar-se que cada cosa rutllés segons el previst.

En Doug tenia embadalides tres esplèndides senyoretes de cabells rossos amb la història de la seva gesta contra el gegant, i mai no l'havia vist tan orgullós dels seus músculs ben fornits.

Vaig entreveure que el pare i la mare parlaven amb mossèn Pròsper pels voltants de l'entrada de la casa vermella. Els Lily havien convingut amb els convidats que portessin la invitació, perquè havia estat lleugerament polvoritzada amb un perfum màgic que els permetria passar el llindar de la botiga i fer un breu tomb per dins.

Va ser una gran idea, perquè, una vegada a dins, com que no van veure res d'extraordinari, els habitants d'Applecross van poder tornar a les respectives granges sense sospitar mai més que en aquella casa s'hi fessin qui sap quines bruixeries. Van comentar que era una barreja de drapaire, antiquari i botiga de joguines.

—Però qui vols que vingui fins aquí a comprar alguna cosa? —es van preguntar els tarannàs més pràctics.

Cap al final de la vetllada, un dels convidats, que fins a aquell moment s'havia mantingut apartat, va apropar-se a l'Aiby i va xiuxiuejar-li alguna cosa. Era precisament l'home del globus aerostàtic, un paio de faccions orientals, amb un bigotet finet i la mirada saberuda de qui coneix els problemes més profunds de l'existència i ha entès que sempre seran iguals.

Tots dos van xerrar una mica i, quan vaig passar pel seu costat, vaig sentir l'Aiby que deia:

—De veritat ha desaparegut? I no han aconseguit retrobar-la? Interessant, senyor Tiago...

Així, doncs, vaig aturar-me encuriosit i vaig preguntar:

—Què ha passat?

Ella es va girar.

Una gran lluna plena havia sortit a dalt del cel. Era blanca i platejada. I semblava que l'Aiby havia baixat directament d'allà.

L'Aiby va dubtar, com feia sempre que havia de compartir algun dels seus molts secrets. Em va presentar ràpidament el senyor Tiago i, després, va xiuxiuejar-me:

—Hauria d'explicar-te encara moltes coses abans de...

Però jo no vaig deixar-la continuar:

—Tens raó... Jo també —vaig respondre-li. Després vaig alçar el got de suc de poma mig buit amb el qual donava voltes per la festa i vaig acomiadar-me—: Senyor Tiago, ha estat un plaer. A la teva salut, Aiby, vinguda del misteri.

I la vaig deixar així, amb una frase efectista digna de la pitjor telenovel·la.

Vaig anar a trobar en Doug i els meus pares i, amb ells, poc després, vaig enfilar el camí de retorn a la nostra granja.

La lluna tenyia de plata la platja i els turons. Revelava i ocultava.

Tenia el cor alleugerit, el cap ple de paraules i caminava tranquil al costat d'ells, pensant que mai no es pot saber tot.

I que potser és precisament això, el que està bé.

ÍNDEX

Capítol u 5
Capítol dos 11
Capítol tres 23
Capítol quatre 35
Capítol cinc 41
Capítol sis 59
Capítol set 69
Capítol vuit 77
Capítol nou 85
Capítol deu 95
Capítol onze 101
Capítol dotze 107

Capítol tretze *119*

Capítol catorze *129*

Capítol quinze *137*

Capítol setze *149*

Capítol disset *159*

Capítol divuit *165*

Capítol dinou *179*

Capítol vint *191*

Capítol vint-i-u *203*

Capítol vint-i-dos *213*

Capítol vint-i-tres *223*

Epíleg *233*

Pierdomenico Baccalario

© Walter Menegazzi

Vaig néixer el 6 de març de 1976 a Acqui Terme, una petita i bonica ciutat piemontesa. He crescut envoltat de bos-cos, amb els meus tres gossos, la meva bicicleta negra i l'Andrea, que vivia a cinc quilòmetres de casa meva.
Vaig començar a escriure durant el batxillerat humanístic: en determinades hores particularment avorrides feia veure que prenia apunts, mentre, en realitat, m'inventava històries. Allà vaig conèixer també un grup d'amics apassionats pels jocs de rol amb els quals vaig inventar i explorar desenes de mons fantàstics. Sóc un curiós, però discret explorador.
Quan estudiava dret a la universitat, vaig guanyar el premi Vaixell de Vapor amb la novel·la *El carrer del guerrer,* en el que va ser un dels dies més bonics de la meva vida. I des d'aquell moment vaig començar a publicar novel·les (ara mateix he publicat *La veritable història del capità Garfi*, que ja podeu trobar a les llibreries). Després de llicenciar-me, vaig ocupar-me de museus i projectes culturals. Vaig començar a viatjar i a explorar horitzons: Celle Ligure, Pisa, Roma, Verona, Londres. M'encanta veure llocs nous i descobrir maneres diferents de viure, tot i que, després, al final, em refugio sempre en els mateixos indrets. I en un lloc en particular: és un arbre de la Vall de Susa, des del qual es veu un paisatge magnífic. Si, com a mi, us apassiona caminar, us explicaré com arribar-hi.
Però guardeu-me el secret.

Iacopo Bruno

No sabria explicar-vos qui sóc, però va anar més o menys així. Jo tinc un amic especial que mai no necessita res. Des que érem petits, si volia una aeronau... la dibuixava... Però la dibuixava tan bé que semblava de veritat.

Hi pujàvem i fèiem un bon viatge al voltant del món. Una vegada, mentre dibuixava un brillant biplà vermell, si fa no fa com aquell del Baró Vermell, però més petit, ens va anar de poc que no caiguéssim dins d'un volcà gegant que tot just havia acabat de dibuixar.

Quan li venia la son, es dibuixava un llit de quatre potes... I hi somniava fins al matí. Sempre duia amb ell un magnífic llapis de fusta de dues puntes, sempre perfectament esmolat.

Ara aquest amic meu se n'ha anat a la Xina, però m'ha deixat el seu llapis màgic!

LA BOTIGA
BATTIBALENO